KB211815

펄프픽션

펄프픽션
ⓒ 조예은·류연웅·홍지운·이경희·최영희 2021

초판 1쇄	2021년 12월 27일		
초판 3쇄	2024년 10월 24일		
지은이	조예은·류연웅·홍지운· 이경희·최영희		
출판책임	박성규	펴낸이	이정원
편집주간	선우미정	펴낸곳	도서출판 들녘
기획이사	이지윤	등록일자	1987년 12월 12일
편집진행	이동하	등록번호	10-156
편집	이수연·김혜민		
디자인	하민우	주소	경기도 파주시 회동길 198
마케팅	전병우	전화	031-955-7374 (대표)
경영지원	김은주·나수정		031-955-7376 (편집)
제작관리	구법모	팩스	031-955-7393
물류관리	엄철용	이메일	dulnyouk@dulnyouk.co.kr

ISBN   979-11-5925-707-0 (03810)

Goble
Anthology

조예은 류연웅 홍지운
이경희 최영희 지음

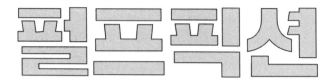

목차

햄버거를 먹지 마세요

— 조예은

1.

루루는 어김없이 졸았다. 지금은 오전 열 시 이십오 분 수학 기출 문제 풀이 시간. 어쩔 수 없었다. 전날 거의 밤을 샜을 뿐더러, 박 선생의 수업은 지루하기로 악명이 높았다.

"거기, 헤드뱅잉하는 양갈래. 나가서 잠이나 깨고 와."

그리고 한 가지 더. 그는 원생들에게 관심이 없기로도 아주 악명이 높았다. 이 학원에 입소한 지 3개월째건만 담당하는 반 원생의 이름조차 모른다는 게 말이 되는 걸까? 게다가 루루의 이름은 한번 들으면 쉽게 잊어버리기 힘들 만큼 특이한 축에 속했다. 이 정도면 무관심이 아니라 무시다. 엄마가 일시불로 이 학원에 지불한 금액이 얼만데. 그 돈이면 제이가 방을 구하고도 남을 돈인데, 라고 생각하며 루루는 자리에서 일어나 복도로 향했다.

복도에는 마찬가지로 졸다가 쫓겨난 원생들이 짝다리를 짚고서 하품을 내뱉고 있었다. 교실과는 비교할 수 없을 만큼 고농도로 응축된 졸음의 기운이었다. 그 기운에 잠식되지 않기 위해 루루는 애써 눈을 부릅떴다. 고개를 돌리자 이번에는 복도 끝에 붙은 합격자 플래카드가 샛노란 존재감을 발휘했다. 학원의 탈을 쓴 감옥에 갇힌 지도 꽤 시간이 흘렀으나, 저 지명수배지를 떠올리게 하는 플래카드는 당최 적응되지 않는다. 작년에 서울대에 합격했다는 박 모 씨의 어떤 보정도 없이 퀭한 사진 속 얼굴과 눈이 마주칠 때마다 흠칫 떨게 된다. 심지어는 꿈에도 나온 적이 있다. 박 모 씨가 망한 모의고사 성적표를 흔들며 쫓아왔었다. 넌 여기서 못 나가! 못 나가! 못 나가! 끔찍한 개꿈의 잔상을 털어내기 위해 루루는 플래카드의 제일 위쪽에 적힌 고딕체 글자를 따라 읽었다.

오십 년 전통 대입 명가! 명가 기숙학원의 저력!

'명가'라는 단어가 두 번이나 들어간다는 점에서 이 칙칙한 학원에 대한 원장의 자부심을 알 수 있었다. 그 아래로는 지난 합격생들의 이름과 사진, 학벌이 나열되어 있었는데 얼마나 울궈먹었는지, 십 년도 더 지난 합격생까지 그대로였다. 문득 그런 생각이 들었다. 저 학생들은 자신의 이름과 얼굴이 이곳에 날것으로 박제된 것을 알까? 저들은 언제까지 이곳에 붙박여 있게 될까? 만약 나도 어떤 대학에 붙어 이곳에서 탈출한다면, 저 벽에 신상이 박제되려나? 그건 좀, 영혼의 한 조각이 갇히는 것처럼 불쾌한 기분일 것 같은데.

시간을 확인했더니 어느덧 오전 열한 시. 점심시간까지는 고작 한 시간 남았다. 그렇다는 건 한 시간 뒤에 제이를 볼 수 있다는 뜻이었다. 제이. 힘든 학창 시절을 함께 해준 고마운 첫사랑이자 이 삭막한 대입 기숙학원에서 유일한 오아시스가 되어주는 존재였다. 루루는 입이 찢어져라 하품하며 기숙학원 입소 지원서에 지장을 찍게 된 그날을 떠올렸다.

그날은 수시 모집 합격 결과가 나오는 날이었고, 진눈깨비가 내렸다. 루루는 엄마가 지난달에 손수 주문 제작한 물소 가죽 소파에 앉아 멍하니 창밖을 바라보았다. 엄마는 한숨을 쉬고, 화를 내고, 소리를 지른 뒤에 한결 수그러든 목소리로 달래기를 반복했다. 수시 결과는 전부 불합격. 루루로서는 예상했던 결과였다. 그래서 엄마의 격정적인 반응이 더더욱 이해가 가지 않았다. 엄마는 정말 자신이 그 대학들에 붙을 수 있다고 생각했던 걸까? 담임이 손수 전화를 걸어서 "어머니,

루루 재수시키려구요?" 라고 물어본 라인업인데?

 이루루가 가장 싫어하는 말 중에 하나. 하고 싶은 것만 하고 살 수는 없다는 말이다. 그것은 엄마가 가장 즐겨하는 말버릇이기도 했다. 엄마에게 있어서 그 말은 단 하나의 신념이자 무기, 타협이자 협박. 그리고 '아니' '그런데' '진짜'와 같이 무의미한 수식어와 같았다. 루루는 늘 미안해야 했다. 엄마는 화가 나면 자신을 키우기 위해 들인 노력과 비용을 오래된 장부를 읊듯이 늘어놓았고, 그럴 때는 자신의 존재 자체가 하나의 커다란 빚처럼 느껴졌다. 네가 쓰는 용돈, 네가 쓰는 교통비, 네가 쓰는 학원비. 그걸 지불하는 건 나고 넌 내 돈을 쓰는 이상 내 의사에 따라야 해. 하지만 세상에는 따르고 싶어도 따를 수 없는 것들이 있다. 사실 하고 싶은 것만 하며 살수는 없다는 말이 제일 필요한 건 엄마였다. 엄마는 현실을 직시할 줄 모르고 모든 걸 루루의 탓으로 돌린다. 그러면 편하기 때문이다.

 엄마는 루루의 성적을 인정하지 않았다. 현실적으로 합격 가능한 학교들을 지원하지 않고, 굳이 불합격할 것이 확실한 삼각형 꼭대기 층의 대학에 원서를 넣었다. 아무리 설득을 해도 막무가내였다. 루루는 종종 자신이 엄마의 딸이 맞나, 헷

갈렸다. 엄마가 믿고 있는 자신과 실제 자신이 너무 달라서 헷갈릴 수밖에 없었다. 안쪽에 무수한 말들이 들끓었지만 아무 소리도 하지 못했다. 입술을 쭉 내밀고서 시선을 엄마의 머리카락 어디쯤에 둔 채 입을 닫아버리는 게 루루 최대의 반항이었다.

여전히 심각한 표정으로 루루의 성적표와 담임의 상담표, 그리고 영문 모를 서류 더미를 훑던 엄마는 한참이 지나서야 입을 열었다. 그리고 충분히 예상 가능했던 최악의 방안을 통보했다.

"이루루. 재수하자."

기다렸다는 듯이 거실장 안에서 꺼내든 것은 재수생 전용 기숙학원 팸플릿이었다. 그러고는 마치 보험을 영업하는 사원처럼 학원의 커리큘럼과 작년 대입 성적을 설명하기 시작했다. 그러니까, 네가 그동안 노력한 만큼 성적이 나오지 않은 것은 공부하는 방법을 몰랐기 때문이며 이 오십 년 전통 합격률 90퍼센트에 육박하는 기숙학원의 트레이닝을 제대로 따라가기만 하면 상위권 대학을 충분히 갈 수 있고 어쩌고저쩌고. 루루는 엄마의 설교를 한 귀로 흘리며 팸플릿을 훑었다. 넓은 이마를 가진 오십 대 남자가 자신만만한 표정으로 팔짱을 낀 채 서 있었고, 말풍선 안에는 "귀하의 소중한 자녀, 건강과 성적, 미래 모두 한 큐에 책임지겠습니다! 각 분야 일타 강사들의 요령과 비법이 전수되는 곳!"이라는 글귀가 빼곡히 담겨 있었다. 루루는 속으로 코웃음 쳤다. 건강과 성적과 미래를 함께 책임지겠다니. 이건 애초에 제대로 책임질 생각이 없으니 내뱉을 수 있는 말이었다. 사기꾼들은 원래 과하게 자신만만하기 마련이다. 제이네 집에 얹혀사는 김 사장이 꼭 그랬다.

제이는 지금 어디서 뭘 하고 있으려나? 화요일이니 아마 맥도널드에서 알바 중이거나, 도서관에 있을 것이다. 김 사장의 컵라면 심부름 중일 수도 있겠다. 기숙학원에 들어가면 제이를 못 본다고 생각하니 슬펐다. 루루는 마지막으로 보았던 제이의 얼굴을 떠올렸다. 피딱지가 붙은 입술로 "다 망했어."라고 말하던 제이.

원흉은 김 사장이었다. 지난 시간들을 곱씹으면 곱씹을수록 그 생각은 힘을 더해갔다. 모두 김 사장 때문이다. 그가 나타나기 전에 엄마는 돈에 쪼들리지 않았고, 술을 마시지도 않았으며 아무리 힘들어도… 자신을 처리하기 번거로운 오래된 짐짝처럼 바라보지 않았다. 가장 견디기 힘든 게 바로 그것이었다. 엄마의 시선. 명백한 귀찮음을 담고 있는 저 두 눈 말이다.

 "너도 집안 사정 다 알잖니. 이제 네 밥값 정도는 해야지. 저기 유럽 애들은 졸업하자마자 독립한다더라. 우리 회사 윤 실장도 아들이 기술 배워서 바로 취업했다고 엄청 자랑했어."

 대학에 꼭 가고 싶은 건 아니었다. 하지만 생각보다 수능 성적이 더 잘 나왔고, 그 성적으로 갈 수 있는 대학과 미래에 대한 여러가지 가능성을 따져보았을 때 가는 게 맞다고, 아니 가야만 한다는 판단이 섰다. 공부를 열심히 했던 건 도대체가 그것 말고는 방법이 보이지 않았기 때문이다.

 생활비를 버는 엄마는 집에 거의 들어오지 않았고, 늘 방 한구석을 차지하고 있는 건 엄마와 몇 년 전부터 함께 살기 시작한 남자, 김 사장이었다. 우습게도 김 사장의 사장이라는 직함은 과거형이었지만. 제이의 엄마를 처음 만났을 때 수입 명품 사업을 하고 있던 김 사장은 동거를 시작하고 불과 한 달이 채 지나지 않아 사업을 말아먹었다. 빚만 남은 그는 사채업자에게 죽을지도 모른다며 울고불고 매달렸고, 마음 약한 엄마는 애원을 거절하지 못했다. 결국 집안일을 하는 것을 조건으로 월세조차 받지 않고 방을 내주었지만, 애초에 그런 합의가 제대로 이행될 리 없었다.

늘 상황은 안 좋은 쪽으로 흐른다. 십 대의 제이가 바라본 세상은 그랬다. 1학년 때까지만 해도 제이의 성적표를 지갑에 넣어 다니던 엄마는 이제 김 사장을 따라 망할 게 분명한 불법과 합법의 경계에 선 사업에 돈을 붓는다. 김 사장은 그중 일부를 도박에 탕진하고, 엄마는 그 사실을 알면서도 한탕에 대한 미련을 놓지 못한다.

"대학에 가지 말라는 게 아니야. 지금이 엄마랑 사장님한테 엄청 중요한 시기라서 그래. 이번 고비만 지나면 우리 제이가 하고 싶다는 거 다 지원해줄게. 그러니까 일단은 너도 알바 구해서 돈도 좀 벌고…."

그러므로 항상 최악을 상상해야 한다. 일말의 희망도 남겨 두어서는 안 된다. 그 희망은 어김없이 배신을 할 테고, 타격을 버텨내야 하는 건 미래의 자신이니까. 그러니까, 지금 이 순간처럼. 제이는 멍하니 창밖으로 흩날리는 진눈깨비를 바라봤다. 그러다 문득 떠오르는 말을 거르지 않고 입 밖으로 내뱉었다.

"엄마. 그거 알아? 사장 아저씨 다른 여자 생긴 거."

엄마의 안색이 창 너머의 풍경처럼 창백하게 질렸다. 그 뒤로는 잘 기억나지 않는다. 김 사장과 엄마가 소리를 지르며 싸웠고 거실은 곧 엉망이 되었다. 엄마가 울면서 김 사장을 향해 잡지를 던졌는데, 그게 하필 옆에 서 있던 제이의 얼굴을 스쳐 입술에 피가 났다. 그길로 집을 뛰쳐나왔다. 루루가 보고 싶었다.

루루는 전화 한 통에 바로 나왔다. 버거킹에서 와퍼 세트 한 개를 시켜놓고 이야기를 나눴다. 루루는 대학에 떨어졌고, 자신은 붙었음에도 갈 수가 없다. 서로의 처지를 일부러 가볍게 치부하며 대화했지만, 분위기는 점차 가라앉았다.

"집에서 나가고 싶은데 갈 곳이 없어."

누가 먼저랄 것도 없이 동시에 내뱉은 말이었다. 원하는 바는 같았으나 머리 두 개를 맞대도 해결책은 쉽게 떠오르지 않았다. 엄마와 김 사장은 아마 금방 화해할 것이다. 지금까지 늘 그랬으니까. 이대로 집에 돌아간다면, 자신은 어떻게 될까? 당장 뭘 어떻게 해야 할지 아무것도 모르겠다. 정말 모르겠다. 문득 모든 게 벅차다는 생각이 들었다. 아무것도 감당할 수 없을 것 같았고, 자신의 앞에는 오로지 가시밭길만 펼쳐져 있을 것 같았다. 제이는 아무 맛도 나지 않는 와퍼를 씹으며 중얼거렸다.

"다 망했어."

마찬가지로 망했다는 얼굴을 한 루루가 답했다.

"그러게."

시간은 어느덧 자정이 넘었고, 핸드폰에는 엄마가 건 두어 통의 전화뿐이었다. 루루는 통금 시간에 맞춰 돌아갔다. 제이는 그날 24시간 카페에서 제일 싼 커피 한 잔을 시켜놓고 밤을 새며 생각했다. 이대로 포기할 수는 없었다. 당장 대학은 아니더라도, 어떻게든 그 집에서 벗어나고 싶었다. 김 사장, 그와 함께 있는 한 미래 같은 건 없을 게 뻔했다.

그는 모아놓은 돈을 생각했다. 가출 비용으로는 턱없이 부족하다. 불현듯 한 장면이 머릿속을 스치고 지나갔다. 어느 날 술에 잔뜩 취해 돌아온 김 사장이 침대 매트리스 아래에 돈을 숨기는 모습이었다. 제이의 머릿속에 어떤 위험한 그림이 그려졌으나, 이 선택지는 실현 가능성이 적었다. 김 사장의 돈을 훔쳐서 집을 나온다 하더라도, 당장에 묵을 곳이 없기 때문이었다. 그런 고민으로 꼬박 날밤을 샜다. 제이는 꾸벅꾸벅 조는 와중에 루루의 전화를 받았다. 묘하게 들뜬 목소리가 제이를 붙잡았다.

-제이, 우리 같이 도망가자.

"도망? 무슨 소리야? 어디로?"

–정확히는, 나는 갇히고 너는 도망가는 거야.

버거킹에서 다시 만난 둘은 이번에도 와퍼 세트 하나를 가운데 두고 이야기를 나눴다. 루루는 꼭 작전을 수행하는 요원처럼 은밀한 목소리로 계획을 설명했다.

"명가 기숙학원. 난 곧 그곳에 갇힐 거야. 대입 전용 기숙학원이고, 서울 외곽 무슨 산길 입구에 있어. 한번 들어가면 합격하기 전까지 나올 수 없대. 찾아보니까, 워낙 외져서 직원들한테도 숙식이 제공된다더라. 원생들 생활 관리를 해야 해서 그런가 봐. 여기서 나는 다음 입시를 준비할게. 집에서 벗어나는 것만으로도 좋아. 너도 집이 싫다며. 그곳에서 일하면서 돈을 모아. 그럼 우리 헤어지지 않아도 돼."

혼자 구상했던 탈출의 마지막 퍼즐 조각이 맞춰지는 순간이었다. 제이는 팔을 벌려 루루를 와락 껴안았다. 테이블에 널려 있던 감자튀김이 바닥으로 후두둑 떨어졌다. 루루가 아직 중요한 게 하나 더 남아 있다며, 제이를 다시 앉힌 뒤 뭔가를 꺼내들었다. 학원의 팸플릿이었다.

"여기 읽어봐."

루루가 가리키는 페이지를 제이는 소리 내어 읽었다.

"본 학원에서는 사회 복지 사업의 일환으로 어쩔 수 없는 사정으로 인해 학업에 단절을 겪는 학생들을 위한 각종 지원 및 장학 제도를 운영 중에 있습니다. 직원 중 분기당 한 명씩 선정해 일타 강사의 수강권 및 이후 대학 첫 학기 등록금을 지원하며…."

거기까지 읽고 나니 루루를 다시 껴안지 않을 수 없었다. 이번에는 루루도 제이를 밀어내지 않았다.

계획은 무리 없이 진행되었다. 제이는 김 사장의 매트리스 아래에서 돈을 훔쳐 학원으로 향했다. 훔치고 보니 삼백만 원이 채 되지 않는 돈이었지만, 당장 쓰기보다는 원흉인 그에게 복수하고 싶은 마음이 컸다. 비로소 후련했고, 모든 게 제대로 돌아가는 것 같았다. 딱 하나. 성적표까지 제출하며 면접을 봤건만, 숙식을 제공받기 위해서는 조교 스태프가 아닌 급식실 담당에 지원해야 했다. 원장은 제이가 장학 지원 프로그램의 후보라 어쩔 수 없다는 뉘앙스로 말했는데, 무슨 의미인지는 확실치 않았으나 그리 신경 쓰이지는 않았다.

어쨌든 그리하여, 루루와 제이는 오십 년 전통 대입 명가 기숙학원에 발을 들이게 되었다. 그리고 대부분의 어린 연인들의 앞날이 그렇듯이, 시련과 가혹한 비밀이 그들 앞에 펼쳐질 터였다.

2.

학원의 하루는 규칙적이다. 아침 일곱 시 기상, 각자 씻고 아침을 먹은 후 배치 고사에 따라 성적순으로 선별된 반에서 자습한다. 그리고 계속 수업, 공부, 수업, 공부, 수업… 중간에 점심과 석식 시간을 제외하면 오후 열 시까지 수업과 자습 스케줄이 빼곡했다.

급식은 그야말로 최악이었다. 고무 타이어처럼 질긴 돈가스는 잡내를 풍겼고, 나물에서는 쉰내가 났다. 이런 급식을 일 년 내내 먹어야 한다는 사실이 절망스러웠으나 그럼에도 루루는 급식시간을 기다렸다. 식판을 들고 음식을 받는 아주 짧은 찰나, 제이를 만날 수 있기 때문이다. 바로 지금처럼.

루루는 흰 마스크와 모자를 써서 눈밖에 보이지 않는 제이와 시선을 맞췄다. 제이는 살짝 웃은 뒤 치킨가스를 교묘하게 두 장을 집어 식판에 올려주었다. 소시지 야채 볶음도 일부러 야채 없이 소시지만 잔뜩 퍼 담아줬다. 뒤에 선 다른 원생이 이상하다는 표정을 지었는데 뭐, 알 바인가. 제이는 자리에 안착한 루루를 향해 손가락으로 천장을 가리켰다. 오늘 새벽에 옥상에서 만나자는 뜻이었다. 루루가 고개를 끄덕였다.

사감들까지 모두 잠든 새벽 두 시에 루루는 옥상으로 향했다. 손잡이를 돌려보았더니 무사히 돌아갔다. 황량한 시멘트 바닥으로 한 발을 내딛었다. 옥상 공기는 신선했다. 제대로 된 환기시설 하나 없는 학원에서 유일하게 햇볕을 쬐고 바람을 느낄 수 있는 공간이었다. 난간을 따라 벤치가, 그 사이사이에는 흡연자들을 위한 쓰레기통이 놓여 있었다. 제이는 루루가 벤치에 앉고 얼마 지나지 않아 도착했다.

"오늘은 어땠어?"

"늘 똑같지 뭐. 수업 듣다 졸아서 복도로 쫓겨났어."

제이가 작게 웃었다. 제이가 웃는걸 보니 루루 역시 기분이 좋아져서 웃었다. 학원에 들어온 뒤로 둘이 만날 수 있는 건 고작 이런 시간이 전부라 더욱 소중했다. 도시와 동떨어진 산 아래 건물의 옥상이라니. 이곳에서 제이와 몰래 만난다는 사실이 어딘가 낭만적이기도 했다.

한참 분위기에 취한 루루를 깨운 건 배에서 들려온 소리였다. 저녁이 부실해서 새벽이면 늘 배가 고팠다. 루루의 얼굴이

붉어지기도 전에 제이는 기다렸다는 듯이 들고 온 비닐봉지에서 뭔가를 꺼냈다.

"배고프지. 이거라도 먹어."

햄버거였다. 루루는 순간 눈을 크게 떴다.

"어, 이거 오늘 종일 매진이었는데 어떻게 구했어?"

명가 기숙학원의 매점에서만 판매한다는 명물. 원료 표기 칸에 '패티: 혼합육류'라고 적힌 게 다일 뿐인 햄버거는 늘 인기 만점이었다. 그 이유는 첫 번째, 급식의 질이 끔찍한 탓이다. 매점에는 늘 원생들이 붐볐다. 투명한 봉지에 정직하게 '명가 햄버거'라고만 적힌 걸 보아서는 아무래도 학원에서 직접 생산하는 제품일 텐데, 배고픈 학생들을 한데 모아놓고 자기네들이 만드는 인스턴트 식품을 팔다니. 이게 사육이 아니면 뭐야?

그리고 두 번째 이유. 바로 학원의 오래된 전설 때문이다. 명가 기숙학원의 매점 햄버거에는 오십 년 전통의 합격 기운이 응축되어 있어서 많이 먹을수록 그 기운을 흡수하여 좋은 대학에 갈 확률이 커진다는 것이다. 룸메이트인 수연에게 처음 이 소문을 들었을 때, 루루는 배를 잡고 웃었다. 햄버거를 많이 먹을수록 합격에 가까워진다니. 개소리도 이런 개소리가 따로 없다. 맥도널드가 한국에 문 연 지가 고작 34년째인데, 오십 년 전통과 햄버거라는 말은 너무 안 어울리지 않나? 물론 입시가 다가오면 예수님 하나님 부처님은 물론 무당까지 찾아가게 된다고는 하지만 햄버거는 좀 심했다. 도대체 이따위 미신을 누가 믿는다고. 그러나 그 말을 전하는 삼수생 수연은 진지하기만 했다.

"안 믿어도 상관없어. 하지만 효과가 있다니까? 내가 모의고사 볼 때마다 점심에 꼭 이 햄버거를 먹거든. 그러면 그날은 유난히 머리가 잘 돌아가고 몸도 가벼워. 막 내가 천재가 된 거 같아. 실제로 평소보다 성적도 훨씬 잘 나와."

소문은 그뿐만이 아니었다. 6월 모의고사 성적이 참담했던 한 학생이 단군 신화의 곰처럼 백 일 동안 햄버거를 먹고 S대에 입학했다는 것. 그 주인공이 플래카드의 제일 꼭대기에 붙은 실존인물이라는 것. 그런 소문이 공공연하게 교육열 높은 학부모들 사이에 퍼져 고액으로 햄버거 공구가 들어가기도 하고, 햄버거 때문에 굳이 다른 유명 프랜차이즈 학원을 두고 이 허름한 곳에 들여보낸다는 것이다. 낡아빠진 학원이 오십 년 전통을 유지할 수 있는 이유가 다름 아닌 햄버거 때문이었다니. 세상이 참 이상하고 웃기게 돌아가는구나 싶었다. 이제

와서 생각해보면 귀가 얇고 미신을 좋아하는 엄마가 이런 소문을 모른 척할 리가 없었다.

그와 별개로, 입으로 들어가는 거라면 하다못해 물까지 맛이 없는 이 학원에서 햄버거는 유일하게 '맛'이 있는 음식이었고 그 명물 간식을 맛보기 위해서는 점심시간 종이 울림과 동시에 계주에 참가해야 했다. 매일 들어오는 햄버거 물량은 정해져 있어서 금방 동났다. 루루는 아직까지 그 치열한 경쟁에서 성공해본 적이 없었다. 그 정도로 귀한 간식을 제이가 구해 온 것이다.

"난 원생이 아니라 직원이잖아. 다 방법이 있지."

제이가 입가를 긁으며 답했다. 루루는 눈을 가늘게 뜨고 그를 바라보았다. 입 주변을 건드는 건 제이가 뭔가를 숨길 때마다 하는 버릇이었다. 그에 제이가 재빨리 손을 내리며 덧붙였다.

"진짜 별거 아니야."

"별거 아니어도 다 말해. 그러기로 했잖아."

제이는 햄버거 비닐을 뜯은 뒤 먹기 편하도록 정리해서 루루의 손에 다시 쥐여준 후에야 입을 떼었다. 사연은 간단했다. 돈을 단기에 더 많이 모으기 위해 새 알바를 구했다는 것이다. 새 알바? 루루가 놀라서 묻자, 제이는 손을 저으며 덧붙였다.

"새 알바긴 한데, 그냥 업무 부서가 바뀌는 거야. 그 햄버거 여기 기숙학원 원장이 운영하는 공장에서 만든다는 건 알고 있지? 그곳 인력이 부족해서 급식실 직원들 대상으로 지원자를 뽑는다길래 한다고 했어. 돈도 배로 많이 주고, 장학생 선발에 가산점이 붙나 봐. 앞으로 급식실에서는 보기 힘들겠지만… 지금처럼 시간 내서 만나면 되지. 햄버거도 오늘 공장 실습 나가서 받은 거야. 이거 구하기 힘든 거라며."

루루는 굳은 얼굴로 고개를 끄덕였다. 제이에게는 분명 나쁘지 않은 제안인데 찝찝한 기분이 드는 건 왜일까. 불안을 뒤로하고 햄버거를 한입 베어 물었다. 제이도 자신 몫으로 챙겨 온 햄버거의 봉지를 뜯었다. 햄버거에서는 새콤하고 달콤한 향이 났다. 인스턴트치고는 꽤 퀄리티가 좋아 보이는 고기 패티에서는 향긋한 육향이 느껴졌다. 제이도 크게 한입을 베어 물었고, 루루는 입안을 메운 빵과 야채, 고기를 느끼며 눈을 감았다. 순간 너무 맛있어서 눈물이 찔끔 나올 뻔했고, 입안에 머금은 걸 삼키는 순간에는 어딘가 몽롱해지는 기분까지 들었다. 그리고 두 번째로 베어 물었을 때였다. 고기 패티를 씹는데 앞니에 딱딱한 뭔가가 걸렸다. 단단한 쇠가 부딪혀 순간적으로 잇몸이 찌르르하게 시렸다. 루루는 입안에 침입한 이물질을 뱉어낸 뒤, 달빛에 형태를 비춰보았다. 옆에서 햄버거를 우물거리던 제이가 무슨 일이냐 물었다. 루루는 햄버거에서 나온 딱딱한 것의 정체를 제이 앞에 가져갔다. 제이가 황당한 목소리로 중얼거렸다.

"햄버거에서 나온 거야?"

"응. 이름이… 적혀 있어."

어둠 속에서 판판한 쇳조각이 달빛을 받아 허옇게 번쩍였다. 본래 둥그랬을 형태는 부서진 것인지 양끝이 뾰족했다. 그냥 씹었다면 분명 다쳤을 것이다. 루루와 제이는 그 쇳조각을 코앞으로 가져가 뚫어져라 바라보았다. 엄지손톱만한 크기의 그것 위에 적힌 건, 누군가의 잘려나간 이름이었다.

지호

매점 햄버거에서 이물질이 나왔다. 그것도 아주 찝찝한 이물질. 어째서 그런 게 햄버거 패티 안에 들어갔을까? 누군가의 소지품이 식품을 가공하는 기계 안에 들어갈 확률이 얼마나 되지? 루루의 머릿속에 오래 전에 보았던 B급 공포영화의 조악한 한 장면이 재생되었다. 내용은 하나도 기억이 안 나는데 어쨌든 피가 난무하고 살이 갈리는 끔찍한 장면이었다. 햄버거 패티를 떠올리자 욕지기가 치밀었다. 루루는 애써 생각을 돌렸다.

간밤에 씹은 그것은 사실 별것 아닐 수도 있다. 단순히 패티를 제조하는 과정에서 작업자가 착용하고 있던 액세서리가 섞여 들어간 것일 테다. 그런 일은 흔하다. 어떤 물건은 잃어버렸다는 사실조차 모르고 넘어가니까. 쇳조각의 가장자리에 작은 구멍이 뚫려 있는 걸 보아서는 목걸이 펜던트일 가능성이 커 보였다. 루루는 머리를 짧게 털고, 자신이 뱉어낸 이름을 떠올렸다. 지호. 지호. 딱히 흔한 이름도, 흔하지 않은 이름도 아니지만 묘하게 익숙했다. 이 기시감은 뭐지?

"양갈래, 또 집중 안 하지?"

박 선생이 귀신같이 수업 태도를 지적했다. 애써 문제집을 보며 강의를 들으려 해보았지만 집중할 수 있을 리가 없었다. 햄버거 패티 안에서 나온 누군가의 이름과 반쯤 쪼개져 여기저기 긁히고 흰 낡은 쇳조각. 매일매일이 똑같은 무료한 일상에 사건이 발생한 탓인지, 계속 그쪽으로 신경이 쏠렸다. 그러던 와중에 문득 한 가지 생각이 떠올랐다. 정말로 누군가의 소지품이 섞여 들어간 것이라면, 지호라는 이름은 공장에서 일하는 사람 중 한 명의 이름일 가능성이 크다. 제이가 오늘부터 공장으로 출근한다고 했으니 함께 일하는 직원들 중에 이름의 주인을 찾을 수 있지 않을까. 그렇다면 이 왠지 모를 찝찝함도 사라지고, 잘하면 반쪽짜리 이름도 주인에게 돌려줄 수 있다. 거기까지 생각하자 체한 게 내려간 것처럼 후련한 기분이 들었다. 루루는 한결 가벼워진 마음으로 주위를 둘러보았다. 다들 대부분 멍한 얼굴로 수업을 듣고 있었고, 몇몇은 졸았으며 몇몇의 책상 위에는 점심 대용으로 때우기 위해 첫 교시 쉬는 시간부터 뛰어가 사 왔을 햄버거가 놓여 있었다. 얼마 지나지 않아 4교시 강의가 끝났다. 루루는 자신의 옆자리에 앉은 수연이 급식실로 향하지 않고 단어장을 보며 햄버거 봉지를 뜯는 걸 바라보았다. 순간 전날 밤의 섬뜩한 이물감과 함께 밤새 머릿속을 떠나지 않던 공포영화의 엽기적인 장면들이 떠올라 구역질이 치솟았다. 괜찮냐며 묻는 수연에게 루루는 망설이다 답했다.

"그거 먹지 마."

"왜?"

"어제 먹었는데… 이상한 게 씹혀서. 가만 보면 무슨 고기인지도 제대로 안 적혀 있고 좀 찜찜하잖아."

"닭 뼈라도 나왔어? 안 삼켰지?"

수연은 아무렇지도 않은 듯이 햄버거를 먹기 시작했다. 괜히 역한 기분에 루루는 자리에서 일어나 메모지와 테이프를 챙긴 후 옥상으로 향했다. 도저히 입맛이 돌지 않았다. 급식실에는 어차피 제이가 없을 터였다. 한낮의 옥상에서는 서울치고 한가한 동네 전경이 고스란히 내려다보였다. 식후 담배를 피러 나온 학생과 강사도 있었다. 루루는 새벽에 제이와 앉았던 벤치에 앉아, 포스트잇에 글씨를 적었다. 괜찮다면, 공장 직원들 중 지호라는 사람이 있는지 확인해달라는 메모였다. 그리고 조심스레 '사랑해♥'도 덧붙였다. 쪽지를 보고 미간을 찌푸리면서 입꼬리는 씩 올려 웃을 제이의 얼굴이 자연스레 그려졌다. 정성스레 적은 쪽지를 테이프로 벤치 아래에 고정시켰다. 학원 내부에서 핸드폰을 쓸 수 없는 루루 때문에 서로에게 남길 말이 있을 때마다 종종 사용하는 아날로그적이고 깜찍한 방법이었다. 슬쩍 주위를 둘러보았지만 다들 자기 할 일을 하느라 이쪽에는 관심이 없어 보였다. 루루는 처음 들어왔을 때처럼 태연히, 벤치에서 일어나 옥상을 나왔다. 점심시간은 빠르게 지나갔고 오후에는 영단어 쪽지시험이 기다리고 있었다.

　그리고 일주일이 지났다. 급식실에는 제이 대신 또래의 다
른 직원이 들어왔다. 공장에서 일하게 된 제이는 이전보다 더
시간을 내기가 힘들어 보였다. 어쩔 수 없지. 얼굴을 못 본 지
도 일주일째였지만 루루는 서운해하지 않기 위해 노력했다.
자신과 제이가 놓인 상황은 다르니까.
　학원에는 제이와 비슷한 상황의 직원 혹은 원생들이 많았
다. 조교가 아닌 직원들은 대부분 숙식을 제공받으며 돈을 벌
수 있다는 말에 모여든 가출 청소년들, 가출을 할 수밖에 없
는 이들, 갈 곳 없는 이들이었고 그들은 분기에 한 명씩 선발
되는 우수 직원이 되기 위해 경쟁했다. 우수 직원이 되면 일이
비는 시간이나 휴일에 원생처럼 수업을 듣고 자율학습실을
이용할 수 있었다. 게다가 대학 합격 시 지원하는 등록금은 주
변에 의해 진학을 제지당한 이들에게는 놓치기 싫은 기회임
이 분명했다.
　그리고 나중에 안 사실이지만, 원생 중에도 그와 비슷하게
복지 시설에서 성적이 좋은 이들을 골라 학원비를 무상으로
지원받는 이들이 있었다. 그들 대부분은 이후에 학원의 합격

률 홍보 플래카드에 이름을 올렸다. 샛노란 합격 홍보 플래카드. 그 안에 빼곡히 적힌 이름들. 루루는 그 안에 자신과 제이의 이름이 나란히 적히는 상상을 했다.

달마다 한 번씩 보는 정기 모의고사를 쳤다. 성적이 오르긴 했지만 큰 폭은 아니었고, 엄마의 기대에는 역시 도달하지 못했다. 엄마는 원장과 자주 통화했다. 루루의 수업 태도, 쪽지시험, 모의고사 성적이 전부 고스란히 보고되었다. 집에서 벗어났는데도 작년과 그리 다르지 않은 기분이 들었다. 루루는 자주 손을 떨었고, 밤이면 쉽게 잠들지 못했다.

습관적으로 옥상으로 발걸음한 새벽이었다. 밤공기가 평소보다 습했다. 산속에서 불어오는 바람을 크게 들이마신 뒤, 벤치 밑을 확인했다. 쪽지가 붙어 있었다. 팔을 뻗어 그것을 떼어내 내용을 확인했다. 제이의 글자가 맞았다.

공장 일에 적응하느라 바빠서 연락하기 힘들었어. 미안해. 오늘까지 확인한 바로 공장에 지호라는 이름을 가진 직원은 없었어. 그만둔 사람들 중에도 그런 이름은 없었대.

쪽지의 제일 밑에는 루루가 남긴 것과 같이 작은 글씨로 '나도 사랑해♥'가 적혀 있었다. 가슴이 아리다가 간질거렸다. 창피하게 눈물이 날 것 같아서 힘줘 참았다. 방으로 돌아온 루루는 쪽지를 곱게 접어 베개 커버 안으로 숨겼다. 루루의 베개 안에는 제이와 이런 식으로 주고받은 쪽지들이 가득했다.

루루는 이불을 머리끝까지 뒤집어 쓴 채, 오랜만에 이름의 주인에 대해서 생각했다. 공장 사람들 중에는 그런 이름이 없다고. 어쩌면 본인이 아니라, 펜던트 주인의 가족이나 연인처럼 소중한 사람의 이름일 수도 있지 않을까. 루루는 사랑하는 사람의 이름을 고기 패티 만드는 기계 안에 떨어뜨려버린 사람의 기분을 상상했다. 상상은 가지를 타고 뻗어 나가서는, 어느새 그 이름은 지호가 아닌 루루가, 또 제이가 되었다. 그러자 꼭 자신이 처참히 갈린 고기 패티가 되어버리는 것처럼 무섭고 서러워졌다. 제이가 보고 싶었다. 그 어느 때보다 강하게 보고 싶었다. 하지만 이 삐걱대는 이 층 침대가 놓인 회색 방 밖으로 나갈 수 없다. 제이 역시 이 방과 그리 다르지 않은 직원용 기숙사에 잠들어 있을 것이다. 둘 사이에 어떤 벽이, 아주 두꺼운 벽이 가로막고 있는 것 같았다. 함께 도망쳐 왔다고 생각했는데, 그건 그냥 착각이었다. 범위만 달라졌을 뿐이다. 제대로 도망치려면, 정말로 자유로워지려면 어떻게 해야 하지? 엄마의 기대에 미치는 성적에 도달해서 엄마가 원하는 학교에 들어가면 뭔가 달라질까? 지난주에 본 모의고사 등급이 어땠더라? 루루는 하루빨리 이 시간이 지나가기를 바랐다. 한번 답답하다는 생각이 들자 가만히 있어도 사지가 옥죄는 것처럼 답답한 나날들이 이어졌다. 학원에서의 시간은 차곡차곡 쌓였다. 그것은 흘러가지 않고, 회색 건물 안에 통조림처럼 켜켜이 눌러 담겼다.

학원은 입시철이 다가올수록 고요해졌다. 건물 전체에 어떤 기이하고 무거운 분위기가 감돌았다. 그리고 그만큼 낡은 건물을 차지하고 있는 건 햄버거의 소스 냄새였다. 불안한 입시생들은 햄버거를 입에 달고 살았으며 원장은 매점에 푸는 햄버거의 양을 늘렸다. 점심시간에 매점으로 달려가는 깡마르고 초점 없는 눈의 원생들은 좀비와 비슷해 보였다.

마치 천장이 조금씩 내려앉는 듯한 압박감을 느끼며 루루는 무언가에 홀린 듯이 공부했다. 햄버거 냄새에 취하는 것 아닐까 싶을 만큼 몽롱했고, 시간 감각이 둔해졌으며… 허기가 졌다. 언제나 주위를 둘러보면 햄버거를 씹는 이들이 반이었다.

"루루, 피곤해 보여. 이거 한입 먹을래?"

무슨 마약처럼 햄버거를 권하는 이들 역시 많았으나, 루루는 매번 거절했다. 루루는 햄버거를 먹지 않았다. 먹어보려 했지만 항상 찝찝한 기분과 함께 앞니에 쇳조각이 부딪히는 섬뜩한 감각, 그리고 이름이 떠올라 거부감이 들었기 때문이다.

제이와의 관계는 어딘가 이상 전선을 겪고 있었다. 문제는 이상하다는 사실을 인지했으나 대화를 해볼 힘도, 시간도 없었다는 것이다. 간신히 시간을 맞춘 날이면 제이는 루루만큼이나 지친 얼굴로 올라와, 루루의 손을 잡고는 멍하니 난간 밖을 바라보곤 했다. 그런 뒤에는 꼭 할 말이 있는 사람처럼 몇 번이나 입술을 달싹였는데 결국 아무 말도 하지 않았다. 입가를 긁으며 공부는 잘 되냐는 무료한 질문이나 던질 뿐이었다. 그에 루루 역시 이전처럼 캐묻지 않았다. 둘에게는 더이상 여유가, 또 생기가 없었다. 마치 학원이라는 거대한 존재에게 하루하루 기운을 빨아먹히는 것 같았다.

시간은 그렇게 빠르고 무료하게 지나갔다. 가끔은 꿈속에 머물고 있는 것 같았다. 이미 죽어버린 시간에 갇힌 듯했고,

이 회색 벽 밖으로 다시 나갈 수 있을까 하는 생각까지 들었다. 엄마는 한 달에 한 번씩 원장 몫까지 챙긴 홍삼을 보내왔다. 그 정성이 부담스러워서 토할 것 같았다. 실제로 먹은 걸 토해내는 날들도 많아졌다. 이전보다 열심히 공부했음에도 성적은 작년과 그다지 다름없이 그대로였다. 짜증날 만큼 그대로였다. 루루는 쳇바퀴 속을 걷고 있는 것처럼 묘한 기분에 사로잡혔다. 매일매일 똑같이 반복되는 하루. 다시 돌아오는 급식 메뉴와 늘 똑같은 매점의 간식들. 모두들 같은 학원 유니폼을 입고 같은 햄버거를 먹으며 공부하는 일상. 심지어는 옥상의 하늘이나 저 아래 도시의 풍경조차 변하지 않는 것 같았다. 오늘은 꼭 어제 같고 어제는 내일 같았으며 내일도 결국 오늘 같을 것이다. 지루함은 두려움으로 바뀌었다. 하지만 두려워해도 바뀌는 것이 없기에 곧 아무렇지도 않아졌다. 이 밀폐된 상자처럼 고요한 상태가 뭔가 잘못되었다는 확신은, 지난주에 본 전국 모의고사 성적이 게시판에 붙음과 동시에 직접적으로 드러났다.

루루는 눈앞의 등수 표를 바라보았다. 등급 칸이 온통… 1 혹은 2였다. 믿을 수 없었다. 자신의 성적이 아니라, 자신을 제외한 모두의 성적을. 성적이 그대로인 건 루루뿐이었다. 중급반 원생 모두의 성적이 전부 두 등급이 넘게 뛰었다. 이게 말이 되는 일인가? 아무리 루루가 다른 아이들보다 공부를 덜했다고는 하더라도, 모두의 성적이 이렇게 급등하는 게 말이 되느냐 말이다. 뭔가 서류상 잘못된 게 틀림없었다. 코끝에 여전히 불쾌하고 달콤한 햄버거 향이 맴도는 걸 보니 꿈은 아니었다.

　루루는 붉게 충혈된 눈을 비비고 주위를 둘러보았다. 더 이해가 가지 않는 건 아이들의 반응이었다. 모두들 그 누구도 이 현상을 이상하게 생각하지 않았다. 기묘하리만큼 일정하게 급성장한 성적을 보고도 누구 하나 눈에 띄게 좋아하지 않았고, 누구 하나 흥분하지 않았다. 다들 무표정으로 성적을 확인하고는, 기계처럼 자리로 돌아가 앉을 뿐이었다. 감정과 의지를 상실한 인간들 같았다. 심지어 지금은 점심시간이었다. 그 누구도 급식실로 향하지 않았다. 루루는 눈앞의 기이한 광경을 응시했다. 두 눈으로 보고도 믿을 수 없는 섬뜩한 장면을. 교실 안의 모두가, 루루를 제외한 모두가 똑같은 얼굴, 똑같은 자세로 앉아 햄버거를 꺼내 먹기 시작했다.

　언제부터 이렇게 된 거지?

루루는 뒷걸음질쳤다. 점심시간인데도 복도는 오가는 이 하나 없이 고요하기만 했다. 떨리는 손으로 벽을 짚으며 창문 너머의 교실들을 바라보았다. 옆 반도, 그 옆 반도 마찬가지였다. 모두들 무표정으로 햄버거를 먹고 있었다….

합격률 90퍼센트와 햄버거 미신. 그게 과장이나 헛소문이 아니라 진짜였다고? 사람이 기계가 아닌데 그럴 수가 있나? 아무리 성적이 중요하다 한들 그게, 과연 저 모습이 맞는 걸까? 식은땀이 흘렀다. 뭔가 잘못되었다. 잘못된 공간 안에 잘못된 상태로 갇혀 있는 것이다. 그때였다. 맞은 편 벽에 아주 오래전부터 붙어 있던 학원의 합격자 명단 플래카드가 보였다. 루루의 시선이 무수한 합격자 명단 중 하나로 가 꽂혔다.

K대 의예과 수석 합격 박지호.

뒤통수를 누군가 후려친 것처럼 시야가 맑아지면서 목덜미에 소름이 돋았다. 이곳에는 분명 비밀이 있다. 그리 알고 싶지 않은 비밀이 원생들을 지배하고 있다. 도망가야 했다. 하지만 혼자 갈 수는 없었다. 제이, 제이를 찾아서 함께… 그렇게 생각하며 뒤돌아선 순간, 루루는 앞을 막아선 익숙한 은갈치색 수트에 이마를 부딪혔다. 고개를 들어 비상구를 가로막은 얼굴을 바라보았다. 박 선생이었다.

3

집을 나온 직후를 빼고는 연락이 전무하던 엄마에게 전화가 걸려온 건 3분기 직원 장학 선발을 막 앞둔 시점이었다. 그때 제이는 하루하루 버티는 것 외에는 아무 생각도 할 수 없을 만큼 지쳐 있었다. 감당해야 할 것이 많아서 늘 시간이 부족했다. 우수 직원으로 뽑혀 장학생이 되려면 일도 열심히 해야 했고, 작년만큼은 아니어도 성적을 내기 위해 공부도 꾸준히 해야 했다. 아무것도 없는 자신이 남들처럼 되기 위해서는 시간과 노력을 배로 들여야 했다. 함께 일하던 직원들은 어제까지 함께 안부를 나누다가도 하루아침에 짐을 싸서 사라지곤 했다. 그나마 위안이 되는 건, 통장 계좌에 차곡차곡 모이는 월급과 자주 만나지 못하더라도 루루와 같은 공간에 머문다는 사실뿐이었다.

이 밀폐된 학원은 도망친 사람이 숨어 있기에 그리 나쁘지 않은 장소였다. 하지만 그 말은 곧, 숨어든 사람이 갑자기 사라져도 아무도 알지 못할 곳이라는 뜻이기도 했다. 루루에게는 말하지 않았지만 요즘 들어 계속 낯선 번호로 협박하는 메시지가 왔다. 보내는 사람이 누군지는 말투와 내용으로 보아 쉽게 유추할 수 있었다. 김 사장. 아니나 다를까 갑자기 걸려온 전화에서 엄마는 김 사장과 함께 투자한 사업이 폭삭 망했다는 말을 전했다. 그 덕분에 엄마와 갈라진 것은 다행이었지만 화풀이할 대상이 필요했던 건지 자신이 집을 나오면서 훔쳐온 매트리스 아래 비자금을 다시 받아내겠다며 온갖 악담과 협박을 퍼부었다는 것이다. 함께 살 때도 술에 취하면 난폭해지곤 하는 사람이었는데, 요즘에는 완전히 정신을 놓고 사는 것 같았다. 엄마는 전과 다름없이 피곤한 목소리로, 말만 그렇게 하지 실제로 뭔 짓을 하지는 못할 인간이니 알아서 조심하라고 말할 뿐이었다. 그리고 이 말도 함께.

－그런데 너, 공장 같은 데서 있는 거야? 모아놓은 돈은 좀 있니?

제이는 답하지 않고 전화를 끊었다. 아무리 늦어도 다음 주에는 시간을 내서 핸드폰 번호를 바꿔야 할 것 같았다. 김 사장의 비자금을 훔친 건 분명 잘못된 행동이었지만 후회하지 않았다. 그 돈으로 어쨌든 집에서 도망 나왔으니까. 나름대로 다음 단계를 향해 나아가는 선택을 했다고, 아직까지는 믿고 있었다. 그리고 그렇게 만들 것이다. 그 돈은 김 사장이 엄마에게 빚진 걸 자신이 대신 받아낸 것일 뿐이다. 당시에는 최선이라고 여겼던 방법이자 복수였다.

퍽퍽한 일상 속에서 유일하게 힘이 나는 건 오로지 루루를 떠올릴 때뿐이었다. 그런데 이런 날들이 계속될수록 제이는 양가감정이 들었다. 루루가 너무 좋은데 부러웠다. 루루가 루루로 태어나고 자신이 제이로 태어난 게 루루의 잘못은 아닌데, 루루를 볼 때마다 자신의 처지와 비교가 되는 것이다. 나는 루루를 사랑하는 게 맞을까? 우리가 언제까지 이렇게, 밀폐된 곳에서 함께할 수 있을까?

김 사장이 보내는 저주는 점차 제대로 알아들을 수 없을 만큼 심해졌고, 제이는 어차피 연락하는 이 하나 없는 핸드폰을 아예 끄고 지냈다. 그래서 어느 폭우가 내렸던 새벽, 김 사장이 목을 매는 데 실패하고 엄한 울분을 쏟아낸 문자를 보지 못했다.

아무리 생각해도 그때 네가 내 비자금을 훔쳐간 게 원인이었어. 그것 때문에 마가 끼어서 일이 틀어진 거야. 내가 억울해서 혼자는 못 죽겠다.

햄버거 공장은 기숙학원 건물에서 고작 걸어서 십 분 떨어진 곳에 있었다. 제이는 공장에서 비닐 포장까지 완료된 햄버거를 박스에 넣어 포장하고, 주문 물량을 확인하는 일을 맡았다. 일은 어렵진 않았지만 허리가 아프고 지루했다. 단순노동을 반복하다 보니 생각할 여유는커녕, 머릿속이 텅 비어버리는 것 같았고, 햄버거라면 아주 치가 떨리는 지경에 이르렀다. 소스와 패티 냄새만 맡아도 신물이 올라왔다. 스무 개가 넘는 박스를 포장하고 겨우 허리를 들었을 때였다. 공장 입구로 가 공육 운송이라고 적힌 트럭 한 대가 서는 게 보였다. 햄버거의 재료가 도착한 모양이었다. 트럭에서 사람이 내렸고, 대기하고 있던 원장이 직접 짐칸 안으로 들어가 내용물을 확인하고 나왔다. 뭔가 문제가 생긴 듯 표정이 좋지 않았다. 운전기사와 함께 자리를 이동하는 뒷모습을 확인한 후, 제이는 저도 모르게 트럭의 짐칸 앞으로 걸어갔다.

불현듯 한참 전에 만난 루루의 얼굴이 떠올랐다. 어딘가 공허해 보이던 얼굴. 아무것도 숨기지 말자는 말은 소용없어진 지 오래였고 더 이상 둘은 간식을 나눠 먹으며 웃지 않았다. 제이는 루루의 말을 떠올렸다.

"요새 입맛이 없어. 모두들 햄버거를 먹는데 나는 그게 먹기 싫더라. 아직도 어딘가 찝찝해. 그래봤자 그냥 찝찝한 채로 버티겠지만. 우리가 이곳 밖에서 만나는 날이 올까?"

그 말이 오래도록 제이를 괴롭혔다. 제이가 느끼던 불안을 루루 역시 느끼고 있었던 것이다. 제이는 루루를 조금이라도 편하게 해주고 싶었다. 아주 약간의 꺼림직함을 해소해줄 줄 수 있다면 기쁠 것 같았다. 그는 햄버거 고기의 정체를 알아내기 위해, 트럭의 뒤로 다가가 팔을 뻗었다.

냉동 트럭 문틈 사이로 냉기가 뿜어져 나왔다. 문은 잠겨 있지 않았다. 심장이 과하게 빨리 뛰었고, 손끝으로 냉기와 함께 묘한 불안이 타고 올랐다. 불안은 점점 제이를 잠식해갔다. 그럼에도 트럭 안쪽을 바라보는 걸 그만둘 수 없었다. 그냥 햄버거 고기의 정체만 알면 된다. 그럼 루루를 한결 안심시켜줄 수 있었다. 제이는 심호흡을 한 후 이내 힘을 주어 문을 열었다. 어두워서 내부가 잘 보이지 않았다. 조금 더 당겼다. 한낮의 햇살을 받아, 안쪽에 매달려 있는 것이 점차 눈에 들어오기 시작했다. 안에 놓인 것을 인지함과 동시에 제이는 반사적으로 손을 들어 입을 틀어막았다.

"이, 이게 뭐야…."

제이는 뒷걸음질쳤다. 트럭 안에 매달린 건 너무도 익숙한 형체. 도축된 고기처럼 매달려 있는 건 얼마 전에 숙소에서 짐을 싸서 나간 룸메이트와, 급식실에서 일할 때 얼굴을 익힌 학원생이었다. 이들이 왜 여기에 있지? 어째서? 그리고 그 아래 홀로 널브러진 형체를, 제이는 망연히 바라보았다.

"루루, 이루루!"

양팔을 뒤로 묶인 루루가 그 안에 있었다. 정신을 잃은 루루를 꺼내기 위해 안으로 향하는 순간, 제이의 어깨를 누군가가 단단히 붙잡았고 그와 동시에 역한 약물이 묻은 거즈가 코를 막았다. 제이는 몸을 비틀어 뒤를 돌아보았다. 원장이 입꼬리를 미세하게 올려 웃고 있었다.

4

루루는 지끈거리는 두통과 함께 눈을 떴다. 눈을 몇 번 깜빡이고 주위를 돌아볼 만큼 정신이 들자 이곳이 햄버거 공장의 내부라는 걸 알 수 있었다. 관절이 아파 몸을 움직였으나, 팔다리는 의자에 고정되어 꼼짝도 하지 않았다. 몸이 묶여 있었다. 뒤늦게 위험을 인지한 루루는 서둘러 주위를 훑었고, 저 멀리서 다가오는 원장을 마주했다. 원장은 학원 홍보 팸플릿 표지에서와 똑같은 자세를 취하고 있었다. 자신만만한 표정으로 팔짱을 긴 채 다가와 루루의 앞에 섰다.

"어머니가 매달 보내주시는 홍삼즙은 아주 잘 먹고 있단다."

그러고서 허리를 숙여 루루와 눈을 맞췄다. 유난히 새까만 동공이 금방이라도 굴러떨어질 듯해 소름이 돋았다. 루루가 소리를 지르며 발악하자 그가 누군가를 불렀다. 그에 맞춰 공장 전체에 믹서기가 돌아가는 것처럼 낯선 기계음이 울리기 시작했다. 불길한 소음이었다. 원장은 불안에 떠는 루루를 향해 싱긋 웃으며 속삭였다.

"무서워할 필요 없어. 우리는 네 성적을 올려주고 싶을 뿐이란다. 네가 알아서 햄버거를 먹었으면 좋았을 텐데. 그럼 성적도 오르고, 네 소중한 친구도 고기 패티가 되는 위험에 빠지지 않았을 거야."

친구? 고기 패티? 원장의 말에 지금까지와는 다른 의미로 정신이 확 깼다. 루루의 안색이 허옇게 질리자 원장은 유쾌하게 웃으며 어딘가를 가리켰다. 손끝이 향한 곳에는 믹서기의 입구 부근에 제물처럼 아슬아슬하게 놓인 제이가 있었다. 순간 심장이 저 밑으로 추락하는 것 같았고 왈칵 눈물이 쏟아졌다. 어디선가 다가온 박 선생이 제이의 어깨를 붙잡아 눌렀다. 원장은 넥타이를 가다듬더니, 꼭 입시 상담이라도 하는 것 같은 태연한 목소리로 말했다.

"떨 필요 없어. 우리는 너한테는 아무 짓도 하지 않을 거야.

그냥 햄버거만 먹으면 돼."

"제이를 놔줘요."

루루는 원장을 노려보았다. 등 뒤에서 박 선생이 원장에게 준비해 온 햄버거를 건넸다. 원장은 루루 앞에서 얄미운 얼굴로 햄버거를 흔들었다.

"먼저 먹으렴."

"햄버거의 정체가 뭔데요?"

"무엇으로 만들었는지가 네 미래보다 중요한 거니? 다들 그런 사소한 건 신경 쓰지 않는단다. 그게 세상을 쉽고 현명하게 사는 방법이지."

원장이 루루의 입 앞으로 햄버거를 가져다댔다. 학원 안에서 온종일 풍기는 싸구려 소스 냄새가 역했다. 루루는 입을 굳게 다물고 버텼다. 머릿속으로 이걸 먹으면 모든 게 끝장이라는 직감과, 눈앞의 위태로운 제이를 두고 갈등이 벌어졌다. 햄버거를 먹는다고 원장이 제이를 순순히 놓아줄 것이라는 확신이 없었다. 어떻게 해야 제이를 이 상황에서 빼낼 수 있지? 사고가 제대로 되지 않았다. 될 리가 없었다. 루루가 눈물을 뚝뚝 흘리며 버티는 사이, 원장이 의자를 끌어와 맞은편에 앉았다. 그리고 박 선생을 향해 턱짓하자 박 선생은 원장의 수족처럼 움직여 제이의 뒤로 다가갔다. 정신을 잃은 제이는 위태로워 보였다. 박 선생이 발끝으로 툭 한 번만 친다면, 저 아래에 거대한 칼날이 빠르게 돌아가는 기계 안으로 사라져 버릴 것이다. 머릿속이 공포와 분노, 그리고 의문으로 뒤죽박죽이었다. 원장은 안경알을 닦은 뒤 다시 입을 열었다.

"궁금해하니 보여줄게. 어차피 잊어버릴 테니까."

"…"

"매점 햄버거의 비법. 나는 사기꾼이 아니야. 성적 상승 효과는 진짜다. 재료가 아주 특별하거든."

원장이 팔을 뻗어 어떤 레버를 당기자, 멈춰 있던 컨베이어 벨트가 가동하기 시작했다. 보관용 창고에 연결되어 세팅된 육류를 믹서기 안쪽으로 떨어뜨리는 벨트였다. 닭, 돼지, 소 혹은 정체를 알 수 없는 부위들이 차갑게 언 채로 벨트 위에 놓였다. 연이은 살점들을 보자 마찬가지로 욕지기가 치밀었다. 루루가 구역질을 하자 원장은 입을 틀어막고 얼굴을 붙잡아 벨트 위의 모습을 똑똑히 보게 했다. 고기들은 벨트를 따라 움직였고, 그대로 무섭게 가동되는 믹서기 안으로 빨려 들어가 갈렸다. 그리고 새 고기들이 벨트 위에 올랐다. 루루는 눈을 크게 떴다.

좀 전과 같이 자투리 고기인 줄 알았던 덩어리는, 사람이었다. 시퍼런 안색이 직전까지 갈린 붉은 빛 살점들과 대조되었다. 학원생 중 하나 같았다. 비명이 터져 나왔으나 원장의 손바닥에 가로막혀 소리는 나지 않았다. 컨베이어 벨트는 믹서 기계를 향해 계속 나아갔고, 루루는 곧 펼쳐질 끔찍한 장면을 피하기 위해 눈을 감았다. 그 순간, 원장이 다시 레버를 당겼고 벨트가 느리게 멈췄다. 다시 바스락거리는 소리가 들리고 루루는 눈을 떴다. 원장이 새 햄버거의 포장을 뜯어 코앞까지 들이밀며 말했다.

"재료는 간단하단다. 똑똑해지려면 똑똑한 사람을 먹고, 합격하려면 합격한 사람을 먹으면 되는 거야. 먹어서 소화시키는 것만큼 내 것으로 만들기 쉬운 방법은 없지. 간단한 원리야. 너도 알다시피, 우리 학원에서는 갈 곳 없고 찾는 이도 없는 이들의 학업을 지원하는 사업을 하잖니? 걔네들은 너와 달리 장학생이 되기 위해 아주 열심이야. 매년 학원에는 합격생들이 넘쳐난단다. 그리고 그중 한두 명 쯤은 사라져도 아무도 알아차리지 못하지. 완전히 갈려서 원생들의 배 속으로 사라질 뿐더러, 스스로 연을 끊고 오거나 강제로 연이 끊겨 찾는 이가 없는 이들이니까. 저 믹서 기계는 특별해. 인간은 일

정 성적 이상의 고기들만 갈거든. 그에 미치지 못하면 고장나
버려.”

“그럼 박지호라는 원생도….”

원장은 고개를 끄덕인 뒤, 벨트의 바로 옆이자 믹서기 입구
난간에 걸친 제이를 턱짓했다.

“그 친구는 아주 모범적인 케이스였지. 가정학대로 집을 나
와서 가출 청소년 무리를 전전하다 이곳에 흘러들었어. 제대
로 다시 살고 싶다길래 학원비를 무상으로 지원해줬거든. 그
리고 K대 합격결과가 나온 날 믹서기행이 되었지. 네 친구 같
은 경우에도 지호 학생처럼 좋은 재료가 될 수 있어. 지난 수
능 성적이 아주 좋더라고. 마침 올해 유독 햄버거 공구가 많
이 들어와서 재료가 좀 부족했는데 잘되었군.”

머릿속이 하얗게 물들었다. 그러니까, 햄버거가 가진 기묘
한 효력의 원재료가 합격생들이라는 말이, 말이 되는 소리인
가? 하지만 말이 되고 되지 않고를 따지기엔 너무 많은 것을
봐버렸다. 그건 원장이 자신을 절대 원래 상태로 돌려보내지
않을 것임을 의미했다.

“그럼 이제 선택할 시간이다. 나는 학부모에게 성적을 올려
주겠다고 약속했어. 약속을 어길 수는 없지. 이루루. 햄버거를

먹어."

원장은 서늘하게 가라앉은 목소리로 덧붙였다.

"먹지 않으면 네 친구를 당장 고기 패티로 만들어버릴 거야."

눈알을 굴려 제이를 바라봤다. 그렇게 만들 수는 없었다. 루루는 욕지기를 눌러 참고 입을 조금씩 벌렸다. 원장이 이를 드러내고 웃으며 햄버거를 밀어넣었다. 그런데, 만약 햄버거를 먹고 다른 학원생들처럼 공부 이외의 모든 걸 잊어버린다면, 제이까지 잊어버린다면, 제이가 고기 패티가 되지 않는다는 걸 어떻게 보장하지?

루루는 입안에 밀려들어온 빵과 고기를 씹지도, 삼키지도 않은 채 다시 입을 다물었다. 원장의 얼굴에 슬슬 짜증이 차올랐다. 있는 힘껏 저항하며 근처를 빠르게 훑던 그 순간이었다. 어두컴컴한 공장의 한구석에서 칼을 든 남자가 튀어나온 것은.

"이, 이거 완전 미친놈들 아니야!"

남자는 낯이 익었고, 한 손에는 식칼을, 다른 한 손에는 핸드폰을 들고 있었다. 루루는 얼마 지나지 않아 묘하게 익숙한 남자의 정체를 알아챘다. 김 사장이었다.

"내가 당신 이야기하는 거 다 들었어 임마. 도둑놈의 자식 조지러 쫓아왔더니 뜻밖의 횡재를 잡았네. 너 학원 원장이랬지? 이거, 기자나 짭새한테 넘겨버리는 게 싫으면 현금, 현금을 내놔. 알았어?"

김 사장은 술에 잔뜩 취해 있었다. 도둑놈의 자식이라고? 그렇다면 제이에게 해코지를 하러 왔다는 말인가? 그 순간 루루 안에서 착실히 임계점을 향해 나아가던 분노가 공포를 넘어서고야 말았다. 다들 왜 제이를 가만히 못 놔둬서 안달이지? 위험이고 뭐고, 사람 고기 패티고 햄버거의 비법이고 합격이고 성적이고 간에 자신에게 지금 이 순간 가장 소중한 건 제이였다. 그런 제이를 왜 계속 빼앗으려고 하는데? 불콰한 얼굴의 김 사장이 식칼을 아무렇게나 휘두르며 다가왔다. 그 예상할 수 없는 날끝이, 당황한 원장의 팔뚝과 루루를 묶은 밧줄을 스쳤다. 하마터면 치명상을 입을 뻔했으나 간발의 차로 어깻죽지에 피를 본 게 다였다. 지금으로서는 밧줄이 널널해졌으니 오히려 행운이었다. 김 사장에게 모두가 정신이 팔린 틈을 타 루루는 안간힘을 써서 재빠르게 의자를 벗어나 햄버거를 뱉고 상처 입은 원장을 걷어찼다.

"제이! 정신 차려!"

그와 동시에 루루의 외침에 자극을 받은 김 사장이 타깃을 루루에게로 틀었다. 루루는 파들거리는 다리를 있는 힘껏 내딛었다. 박 선생이 자신을 향해 돌진했다. 제이는 여전히 믹서기 입구 앞에 널브러져 있었다. 등 뒤에서 원장이 잡으라고 외쳤고, 칼을 든 미친놈이 쫓아오고 있다. 루루는 있는 힘껏 제이를 향해 달렸다. 지금껏 루루가 달린 것 중 제일 빠르게 달렸다. 가속도가 붙어 제때 멈추지 못해 믹서기 안으로 빨려 들어가버릴 것만 같았다. 하지만 지금은 그래도 상관없었다. 제이만 구할 수 있다면. 루루는 다시 제이의 이름을 크게 외쳤고, 그와 동시에 박 선생에게 붙잡혀 제지당했다. 껴안듯이 어깨를 붙잡은 그와 바닥을 굴렀다. 팔을 뻗으면 제이가 닿는 거리였다. 거의 다 왔는데. 정말 거의 다 왔는데 제이. 서러움에 코가 찡해지는 순간 어깨를 잡은 박 선생의 악력이 약해졌다. 루루는 고개를 돌렸다. 원장과 몸싸움을 계속하던 김 사장이 튕겨져 나가 박 선생을 찌른 것이다. 복부에서 흘러나온 피가 바닥을 넓게 적셨다. 심장이 걷잡을 수 없게 세게 뛰었다. 칼날은 아직 김 사장의 손에 쥐여 있었다. 김 사장이 자신을 향해 다가왔고, 루루는 다짜고짜 나아가 제이의 팔을 붙잡아 일으켰다. 등 뒤에서 김 사장의 괴성이 들려왔다. 칼날이 자신을 향하는 것 같았다. 루루는 다가올 통증을 상상하며 제이를 꼭 껴안았다. 그때였다. 축 늘어져 있던 제이가 벌떡 일어나 루루의 등을 감쌌고, 멈춰 있는 컨베이어 벨트 너머로 몸을 날렸다. 루루와 제이는 껴안은 채로 공장 바닥을 구르다 믹서기 난간 앞에서 아슬아슬하게 멈춰 섰다. 루루는 익숙한 온기를 느끼며 살며시 눈을 떴다. 어깨 너머로 자신과 제이를 향해 돌진하던 김 사장이 속도를 조절하지 못해 그대로 믹서기 안으로 굴러 떨어지는 것이 보였다. 루루는 눈을 질끈 감았다. 기계 소리가 큰 탓에 김 사장의 비명과 끔찍한 엔딩은 묻혔다. 얼마간 제이의 품에서 그렇게 멈춰 있었다. 다행히 크게 다친 곳은 없었다. 둘은 얼굴을 마주한 채 자리에서 일어섰다.

"괜찮아?"

"응. 너는? 너도 괜찮아?"

"응. 괜찮아. 일단 이곳에서 나가자."

루루가 고개를 끄덕였다. 제이와 루루는 서로에게 몸을 의지한 채 공장 출구 방향으로 나아갔다. 공장 구조는 복잡했지만, 다행히 제이가 길을 알아서 어렵지 않게 문을 찾을 수 있었다. 등 뒤에서 넋이 나간 원장의 중얼거림이 들려왔다. 믹서 기계가 고장 나버렸다는, 멍청이를 갈아서 고장 날 것이라는 중얼거림이었다. 둘은 아무 말 없이 발을 놀렸다. 공장 전체를 타고 울리는 기계음이 심상치 않았다. 한시라도 빨리 이곳을 벗어나야 한다. 지금껏 벌어진 모든 일이 꿈처럼 아득했고, 비현실적이었으나, 그 사실 하나만은 확실해 보였다.

믹서 기계의 소리가 점점 거칠어졌다. 원장이 기계 작동 버튼과 레버를 조작했지만 그 불규칙한 소음은 멈추지 않았다. 루루와 제이는 무사히 공장을 빠져나와 부지를 가로질러 학원이 있는 방향으로 뛰었다. 공장 안에서 뭔가 무너지는 소리가 났다. 그리고 곧이어 엄청난 폭발음이 둘을 감쌌다. 뒤에서 느껴지는 충격에 둘은 흙바닥을 나뒹굴었다. 새까만 연기가 뿜어져 나오는 공장을 바라봤다. 멍청이 김 사장을 간 탓에 믹서 기계가 터진 것이다. 거대한 소음에 귀가 먹먹했고, 둘은 꼭 진공 상태가 된 듯한 기분을 느끼며 서로를 바라봤다. 온통 만신창이인 얼굴을 보는데 헛웃음이 새어 나왔다. 그건 지금껏 느껴본 모든 감각 중 가장 강렬한 후련함이었다.

공장 안에서는 폭발음이 연이어 터졌고, 마지막으로 꼭 폭죽처럼 펑, 소리가 들린 후 하늘에서 비가 내렸다. 햄버거 비가, 아니 햄버거가 되지 못한 비가. 타버린 빵, 재가 된 야채와 요상한 냄새를 풍기는 소스, 딱딱하게 탄 패티와 그리고… 패티가 되지 못한 살점들. 루루는 제이의 머리 위로 떨어진 빵을 털어냈고, 제이는 루루의 콧등에 날아와 붙은 뭔가의 살점을 집어던졌다. 먹먹함은 아주 천천히 가셨다. 비로소 다시 원래 세상에 돌아온 듯한 감각과 함께, 저 멀리서 뛰어오는 공장 직원들과 화재 경보를 듣고 뛰쳐나온 학원생들이 보였다. 학원과 공장 부지는 순식간에 사람들로 가득 찼다. 꼭 축제 같았다. 루루와 제이는 이어서 들려오는 사이렌 소리를 자장가 삼아 비로소 마음 놓고 정신을 잃었다.

있잖아 루루. 우리 이번에도 다 망했다. 그치.
응. 그러네. 또 다 망했네.
그래도 사랑해.
나도.

다시 눈 떴을 때 이전과는 다른 뭔가를 기대하면서.

작가 후기

'펄프픽션'이라는 키워드를 듣자마자 떠오른 건 패스트푸드, 그중에서도 햄버거였습니다. 이것저것 혼합된 고기 패티가 펄프픽션이라는 주제와 잘 어울린다고 생각했습니다. 실제로 쿠엔틴 타란티노의 영화 <펄프 픽션>에서 햄버거가 자주 등장하기도 했고요. 좋아하는 영화에 등장하는 음식은 어딘가 더 먹음직스러워 보이지 않나요?

전 제가 햄버거를 가장 많이 먹었을 때를 떠올렸어요. (물론 지금도 많이 먹지만요.) 고등학생 때, 제가 다닌 학교 근처에는 음식점이 몇 없었습니다. 맛 없는 급식은 입시생의 허기를 채워주지 못했죠. 야간 자율 학습이 있던 시절이라 저녁시간에는 친구들과 자주 학교에서 도망쳤습니다. 폐허를 탐험한 적도 있는데, 이건 다음 기회에 이야기할게요. 어쨌든 학교에서 나와도 선택지는 한정적이었습니다. 학교에서 걸어서 십 분 거리에 있고, 홀이 넓은 롯데리아에서 자주 시간을 보냈습니다. 나가기 귀찮을 때에는 매점에서 군것질거리로 식사를 때웠는데, 천오백 원짜리 매점 햄버거가 주 식단이었죠. 아마 일주일에 두세 개의 햄버거를 꾸준히 섭취했을 겁니다. 성인이 되고서 여러 유명한 곳의 수제버거를 먹었지만 당시의 맛과 분위기, 이를테면 바다가 가까운 동네 특유의 습한 저녁 공기나 온 머리카락이 하늘로 치솟는 칼바람, 마찬가지로 외식을 나온 선생님에게 들킬지도 모른다는 스릴 같은 건 다시 느낄 수 없었어요. 그건 그 시절에만 느낄 수 있는 일탈의 달콤함이었습니다. 그래서 그에 대해 써야겠다고 생각했습니다. 햄버거에서 청소년을 연결시키니 자연스레 입시라는 지점에 도달했습니다. 아무래도, 한국의 학생들에게는 떼려야 뗄 수 없는 주제일 테니까요. 쓰다 보니 배경은 학교가 아닌 외진 기숙학원이 되어버렸고, 달콤한 일탈과는 많이 거리가 먼 이야기가 되어버렸지만 이 편이 펄프픽션이라는 주제에는 더 잘 어울린다고 생각합니다.

두 주인공의 탈출기인 줄 알았던 감금기. 그리고 삐끗한 일탈에서 비롯된 작은 모험과 사랑을 여러분이 즐겁게 봐주셨다면 무척 기쁠 것 같습니다. 두 주인공은 망했다고 자주 되뇌지만, 용감하게 도망치기도, 부딪히기도 하는 인물이니 아마 망하지 않고 잘 살 겁니다. 햄버거는 다시 먹지 못하겠지만요.

떡볶이 세계화 본부

— 류연웅

마침내 영국에서 떡볶이가 판매 금지됐다는 소식을 전해 들었을 때 나는 막노동을 하고 있었다.

벌써 이 년이나 됐지만, 아직도 적응이 안 된다. 어제는 태양열 패널에 깔려서 피를 흘린 동료가 있었다. 그래서 오늘 작업 현장에는 긴장감이 맴돌았다. 다들 서로를 주시하며 일했다. 그래서 지금 전화받고 있는 것도 사실 눈치가 보인다.

휴대전화 저편에서 들리는 친구의 목소리는 흥분한 듯했다.

"전직 떡볶이집 사장으로서 어떻게 생각해."

별생각 없다고 대답하니까 그러지 말고 한마디 해주란다. 함께 영국을 욕하자는 의도가 티 났다. 나는 전화를 끊었다. 할 일이 태산이다. 남의 나라 재난보다 지금 내 앞의 일이 중요하다. 서둘러 작업 현장으로 돌아가려는데 이번에는 반장님의 호출이다.

컨테이너 박스로 들어갔다.

안에는 반장님 외에 한 사람이 더 있었다. 반장님은 그를 향해 어울리지 않는 90도 인사를 하고는 작업 현장으로 돌아갔다. 컨테이너 박스에는 나와 그만 남았다. 처음 보는 사람이다. 말끔한 양복을 입은 걸 보아하니 방송국 사람인 듯했다. 추측뿐이었지만 나는 벌써부터 어떻게 섭외를 거절할지 고민했다.

물론 출연료가 있다면 얘기가 달라지겠지만.

*

"아시다시피 지금 영국은 뱀파이어 사태로…."

"모릅니다."

"계엄령이 선포됐고, 김신전 씨가 그걸 막을 수 있습니… 예?"

내가 그에게 쌀쌀맞게 대한 건 그가 스스로를 국정원 요원이라고 소개한 걸 불신해서도, 영국으로 가야 하는 게 싫어서도 아니었다.

내 손으로 떡볶이를 만드는 일은 두 번 다시는 없다.

이 년 전에 했던 결심 때문이었다. 내 친구들의 추측과 달리, 그 결심의 원천은 죄책감이 아니다. 더러움이다. 다들 분명 내가 만드는 떡볶이를 좋아했다. 떡볶이는 한국인의 매운맛을 보여주는 음식이라고. 신대방삼거리 역 디진다 돈까스와 신길 역 매운 짬뽕이 있지만 우리나라를 대표하는 빨간 맛은 까치산 역 사망분식이라고.

그래서 영국의 유명 영화배우들이 영화 시사회를 위해 대한민국에 방문했을 때, 한국인들은 내 가게를 추천했다. 마침 영국에도 떡볶이 가게가 우후죽순 생겨나고 있던 시점이었다. 커져가는 한류 열풍은 음식 시장에도 해당됐다. 하지만 한국인들은 영국인들이 K-POP을 즐길 때와 한국 음식을 즐길 때의 태도가 달랐다.

-고추장 대신 토마토소스 쓰는 게 떡볶이냐.

-저런 거 먹으면서 안 맵다는 거 열 받네.

예능프로그램 〈비긴 어게인〉에서 한국 가수들이 영국에서 버스킹하는 걸 보면서는 자랑스러워했지만, 영국인들이 떡볶이를 좋아할 때는 훈수를 뒀다. 팝의 고향은 영국이지만, 떡볶이의 고향은 대한민국이니까. 반박 시 동북공정.

아무튼 한국인들에게는 자부심이 있었고, 나는 그 수혜를 입었다. 까치산 역 사망분식이 영국 배우들의 '한국 방문 기념 촬영'의 장소로 선정된 것이다. 아직도 그날을 기억한다. 가게를 가득 메운 외국인들과 그들을 밖에서 구경하는 한국인들을 보며 나는 기뻤다. 이 광경을 아버지에게 자랑하고 싶었다. 아버지의 꿈이었던 한식의 세계화에 내가 한 발짝 다가간 셈이니까.

이윽고 영국 배우들이 테이블에 앉았고, 영국 카메라 감독들이 촬영을 했다. 영국 스태프들이 떡볶이를 주문했고, 나는 평소보다 조금 더 맵게 떡볶이를 조리했다. 내일 아침 저들의 복부 질환이 걱정됐지만, 내 배 아니니까.

떡볶이 나왔습니다.

영국 배우들은 젓가락 대신 이쑤시개를 들었다. 그리고 떡볶이를 한입 먹자마자 땀을 흘렸다. 눈물을 흘렸다. 쿨럭거리며 기침을 하더니 대리석 바닥에 엎어졌다. 호러 영화의 한 장면 같기도 했다. 뱀파이어에게 물려서 고통스러워하는 인간처럼, 그들은 목덜미를 부여잡고 비명을 질렀다.

"Deafened(귀가 안 들려)!!"

하필 그들이 개봉을 앞둔 영화의 장르가 블랙코미디였다. 그래서 다들 몸개그를 하는 줄로만 알았다. 그 바람에 응급처치가 늦어졌고, 119를 불렀을 때는 이미 사망 떡볶이가 이름값을 하고 난 뒤였다.

굳이 부검을 할 필요도 없었다. 영국 배우들은 위경련으로 사망했다. 방송국 기자들은 가게로 들이닥쳤다. 한때 나를 섭외하려고 찾아오던 그들은 나더러 사죄를 하라고 요구했다. 나는 속으로 생각했다.

더럽다.

더러워서 내가 버틴다. 언론에서는 다들 나 때문에 영국 배우들이 죽었다고 모함하지만, 버틴다. 인터넷에서는 나 때문에 서양인들이 떡볶이를 혐오하게 됐다고 하지만, 버틴다. 아침에 출근하면 가게 유리문이 깨져 있지만, 버틴다.

하지만 못 버텼다.

영국인들의 죽음도, 언론의 보도도, 수많은 악플도 막지 못한 나의 의지는 건물주의 요구 앞에서 근절됐다. 별 수 없는 노릇이었다. 나는 세입자였으니까. 인간이 신의 섭리를 거스를 수 없듯, 월세를 내지 못한 세입자는 건물주의 명령을 거스를 수 없었다. 아무튼 자본주의의 시대니까. 매출이 급락한 건 나의 사정일 뿐이었다.

비단 나의 사정만도 아니다. 유행은 한철이라. 떡볶이 가게들도 많이 폐업했다. 영국도 마찬가지였다. 이미 그때쯤엔 떡볶이가 혐오의 대상이 돼 있었다. 마치 훌리건이 상대팀 선수들이 타고 있는 버스를 공격하듯, 영국인들은 영국에 있는 떡볶이 가게들에 무자비한 공격을 퍼부었다. 유리문을 부수고 냉장고에 있던 재료 통을 다 던져버렸다. 그러자 거리에 피비린내가 진동했다.

*

왜냐하면 영국의 떡볶이 가게들이 사실은 떡볶이 가게인 척을 하는… 뱀파이어 아지트였기 때문이다. 떡볶이는 뱀파이어들의 식사를 가리는 수단에 불과했다. 만약에 식사 중에 인간 혹은 경찰이 들이닥쳐서 무엇을 먹고 있냐고 물으면,

"떡볶이요…. 드셔 보실래요?"

"아… 나는 한식은 냄새 때문에 못 먹겠더라…."

이렇게 둘러대면 되니까. 영국에서는 한식이라고만 말하면 관심을 끊는다. 이를 이용해서 뱀파이어들은 편안한 식사를 즐겼던 것이다. 그것도 모르고 우리 한국인들은… 떡볶이 세계화가 진행 중이라며 설레발쳤던 것이군.

더럽다.

더러워서 그만해야지. 2년 전의 나는 미련을 접으며 막노동을 시작했다. 더 이상 떡볶이와 관련 없는 삶을 살리라고 다짐했는데, 뜬금없이 국정원 요원이 찾아왔다.

"김신전 씨. 제발 부탁드립니다."

그는 설명했다. 영화나 드라마와 달리 뱀파이어들이 외관이 크게 다르지 않아서 영국 시민들은 공포에 떨고 있다고. 저 사람이 먹는 게 떡볶이인지, 피볶이인지 알 길이 없으니, 영국 정부에서는 급한 대로 떡볶이 금지법을 제정했지만 부족하다고. 지금 뱀파이어들은 매혈 합법화를 추진하라며 적반하장으로 시위를 한다고. 이 혼돈을 멈출 수 있는 방법이 사망 떡볶이라고.

"대가는요?"

"인간들을 살리는 일입니다…."

"그거 도와도 내가 얻을 게 있어야죠."

국정원 직원은 잠시 고민하더니 한숨을 쉬며 대답했다. 뱀파이어들이 과연 영국에만 있겠는가. 솔직히 정부에서는 우리나라에도 있을 경우를 대비하고 있었다. 다른 국가도 마찬가지였다.

뱀파이어는 인간보다 몇 백 배의 회복력을 자랑하여 공격을 하기도 쉽지 않은데, 여기에서 만약 작전이 성공하여 떡볶이가 뱀파이어를 박멸하는 백신으로 인정받는다면, 수조 원의 가치가 창출된다. 당신이 그 흐름의 선두가 될 수 있다.

*

작전은 간단했다.

현재 뱀파이어들은 피에 굶주린 상태다. 자신들은 단 한 번도 살생을 한 적이 없으며, 의료용 혈액을 빼돌렸을 뿐이고, 합법적으로 매혈이 가능하도록 법안을 만들어주면 정당하게 돈을 내고 구매하겠다고 단혈 투쟁을 하는 중이다.

만약 대한민국이 협력하겠다고 대답한다면, 영국 정부는 거리에서 시위 중인 뱀파이어의 우두머리들을 국회의사당으로 초대할 것이다. 그리고 매혈 합법화를 허락하겠다며 피 식사를 대접할 것이다.

하지만 그건 피 식사가 아니다. 사망 떡볶이다. 인간은 단번에 냄새로 구분할 수 있을 테지만, 이성보다 본능이 먼저인 뱀파이어들은 대접을 받자마자 혓바닥부터 내밀 것이다. 사망 떡볶이의 매운맛은 워그레이브 판사의 묘수처럼 뱀파이어들을 옭아맬 것이다.

첫 번째 뱀파이어가 몸부림을 치다가 죽었다네….

사태가 끝나면 국정원 요원은 책을 하나 쓸 거란다. 『그리고 뱀파이어는 없었다』. 아무튼 이건 쓸데없는 얘기고, 중요한 건 내가 떡볶이를 만들기로 했다. 이 년 만이었기에 연습이 필요했다. 나는 마트에 가서 사냥하듯이 재료를 살폈다. 무엇을 샀는지는 레시피 유출의 위험이 있으니 말하지 않겠다. 미안.

하지만 분명 철저하게 준비했다고 생각했는데…. 영국에 도착하고 나니까 예상치 못한 변수가 생겼다. 우두머리라기에 많아봐야 네다섯 명일 거라 생각했는데, 도착한 국회의사당에는 몇 십 명의 뱀파이어가 대기하고 있었다. 그중 키가 제일 큰 뱀파이어가 내게 다가왔다.

"Are you Shinjun? Korean RCY Master?"

국정원 요원은 내 옆에서 동시통역을 진행했다.

"당신이 한국 적십자의 회장 김신전입니까?"

"예? 적십자요?"

"맞다고 하세요."

"Yes, I'm master."

키가 큰 뱀파이어의 이름은 Snake였다. 그는 그동안 영국에서 뱀파이어들이 얼마나 힘들게 살았는지 묘사했다. 결국에는 나를 비롯한 한국 적십자에게 고맙다는 이야기였다. 피를 공짜로 제공해 주기로 들었다면서.

하지만 나는 그의 말에 귀를 기울이지 않았다. 어떻게 요리를 해야 할지 머릿속으로 계산하느라 바빴다.

준비된 매운 양념은 5인분이다.

물론 이걸로도 50인분의 떡볶이를 만들 수는 있지만, 그랬다가는 평범한 떡볶이와 다를 바 없다. 이 사태를 어떻게 해결할지 고민하다가 나는 문득 어린 시절, 아버지와 함께 극장에서 보았던 영화 〈주유소 습격사건〉을 떠올렸다. 그 영화 주인

공은 "나는 한 놈만 팬다"라고 말했다. 일종의 선택과 집중이
다.

*

그러니 나는 한 뱀파이어만 패기로 결정했다. 원래 리더가
당하면 부하들은 속수무책으로 항복한다. 나에게 감사를 표
해줬던 Snake 씨에게는 미안하지만, 원래는 5인분인 매운 양
념을 접시 하나에 다 털어 넣었다.

영국의 요원들은 내가 제안한 임기응변에 실시간으로 호응
해주었다.

밖에서 기다리고 있던 뱀파이어 무리들에게 상황을 설명했
다. 한국 피가 영국 뱀파이어 입에 안 맞을 수 있으니, 한 명이
대표로 시식을 해보라고. 기미 상궁으로 낙점된 건 Snake 씨
였다.

*

우리는 Snake 씨를 데리고 식당 안으로 들어갔다. 내가 냄

비를 열자 화한 냄새가 퍼졌다. 영국 요원들은 눈치 없이 콜록거렸다. 매운 냄새와 연기가 식당 가득 퍼졌지만, 나는 군대에서 화생방 훈련하던 걸 상기하며 버텼다. Snake 씨에게 대접했다. 다행히 그는 의심을 하지 않았다. 의심을 할 수 없는 환경이기도 했다. 피에 잔뜩 목이 마른 상태였으니까.

이윽고 Snake 씨의 혀가 떡볶이로 돌진했다. 수세미가 접시를 설거지하듯이 순식간에 빨간 소스를 닦아냈다. 할짝할짝. 다른 이들은 긴장된 표정으로 그를 지켜봤다. 저 뱀파이어는 어떤 죽음을 맞이할까. 영화 〈박쥐〉에서처럼 재가 되어 흩어질까. 영화 〈렛 미 인〉에서처럼 창백하게 굳어버릴까.

서서히 반응이 오는 듯했다. Snake 씨는 잠시 고개를 갸우뚱하더니, 몸을 부르르 떨면서 비명을 질렀다. 비명 소리는 점점 크고 높아졌다. 멸종됐던 익룡이 다시 살아난 줄 알았다. 곧 펼쳐질 그의 죽음에 살며시 눈을 감고 묵념을 하려는데… 갑자기 무수히 많은 사람들의 비명 소리가 들려왔다.

눈을 뜨니, 주변은 온통 불바다였다. 갑작스러운 화재의 출처는 Snake 씨의 입이었다. 믿기지 않지만 현실이었다. 그는 너무 맵다는 말을 연발하며 화를 냈다. 화는 불이 되어 사람들에게로 향했다. 입에서 불을 뿜는 Snake 씨는 더 이상 뱀파이어로 국한할 수 있는 존재가 아니었다.

진화한 존재였다.

뱀파이어 그 이상의… 그러니까 다른 뱀파이어들보다 몇 백 배는 강력한… 뱀fire였다. 불뿐만이 아니다. 인간 혹은 뱀파이어보다 몇 백 배는 강한 악력을 자랑했다. 인간이 매운 것 먹고 휴지나 컵을 잡고 손을 흔들 듯, 그는 식탁과 의자 등을 던져버렸다. 거기에 영국 요원들은 모조리 죽어버린 뒤였다. 식당에는 나만 살아남았다.

*

나는 긴급하게 119에 전화를 걸었다. 그런데 없는 번호라는 연결음만 들려왔다.

아, 맞다. 영국은 911이지.

깨달았을 때는 이미 뱀fire가 된 Snake 씨와 눈이 마주친 뒤였다. 나는 곧 화형 당할 운명이었다. 눈을 질끈 감고 재가 될 준비를 하는데…

"Hey, Shinjun. What is this?(이게 어떻게 된 일이냐?)"

Snake 씨가 물었다. 역시 아가사 크리스티의 국가답게 최종 변론의 기회는 주는구나. 나는 내가 계획한 일이 아니라고 둘

러대고 싶었다. 하지만 그 말을 전할 영어 실력이 없었다. "It 's
… It's…"라는 말만 무수히 반복할 뿐이었다. 초등학생 때 영
어 학원 땡땡이치던 걸 진심으로 후회하는 중이다.

그런데 다음 순간 문이 열리고 국정원 요원이 나타났다. 소
화기를 들고 있는 상태였다. 그는 대피하라고 소리치다가, 입
에 불을 머금고 있는 Snake 씨를 발견했다. 그리고 통역이 시
작됐다.

(나는 국정원 요원에게) Snake 씨가 뱀파이어에서 뱀fire로 진
화했음을 알렸다.

(국정원 요원은 Snake 씨에게) 내가 만든 식사가 피 요리가 아
닌 떡볶이임을 알렸다.

(Snake 씨는 나에게) 그러면 떡볶이를 더 만들라고 요구했다.
밖에서 기다리고 있는 자신의 동료들에게 대접하란다. 방금
맛본 매운맛을 그들도 흡수할 수 있게 해주란다. 그리고 다 함
께 뱀fire가 되어 불을 뿜으며 영국을 정복할 거란다. 인간들
이 먼저 배신했기에 자신들은 정당하다고 말하는 Snake 씨는

분노로 가득 차 있었다.

 나는 고민했다. 그것은 저 두려운 존재로부터 영국인들을
구하는 게 아닌, 내가 이 현장에서 벗어날 수 있는 방법에 대
한 고민이었다. 단지 나는 두려웠다. 내 조국으로 돌아가고 싶
었다. 그래서 임기응변을 했다. 떡볶이는 재료가 중요한 음식
이라고. 진정한 매운맛을 내려면 한국 재료를 사용해야 한다
고.

 "Let's go to Korea. (그러면 대한민국으로 가자)"

 Snake 씨는 고민도 하지 않고 대답했다. 거기에는 어떤 임
기응변을 해야 할지 몰랐다. 어련히 국정원 요원이 대응해 주
겠지 싶었는데, 그는 오히려 호의적인 반응을 보였다. 웰컴 투
코리아란다.

 "네? 무슨 소리세요."

 "아시다시피 지금 대한민국은 경제난으로…."

 "모릅니다."

 "네. 이번엔 모르실 줄 알아서 준비했습니다."

 국정원 요원이 태블릿 PC를 건넸다. 경제 관련 데이터가 있
었다. 대한민국은 코로나 팬데믹 이후, 눈덩이처럼 불어난 경

제적 손실을 아직도 극복하지 못하고 있다. 잘 해오던 한류 산업은 콘서트 등을 하지 못하면서 흐름이 끊겼고, 출산율은 나날이 떨어져서 내수시장도 외국인 노동자를 통해 충당하고 있다.

이 시점에서 뱀파이어들의 관광지로 대한민국이 떠오른다면, 경제 위기를 극복할 수 있을지 모른다. Snake 씨. 대신 돈 주고 사 드셔야 합니다. 사망 떡볶이 1인분에 만 원입니다. 외국인이니 쿨피스 정도는 서비스로 주겠습니다. 국정원 요원은 본인이 사장도 아니면서 협상을 주도했다.

"잠시만요. 한국인들이 공격당하면 어떡해요."

왜 국정원 요원이 할 대사를 내가 하고 있는 건가 의문이 들었지만, Snake 씨는 걱정을 말란다. 자신은 한국인들한테는 별 감정 없다. 그저 위선적인 영국인들에게 복수하고 싶을 뿐이다.

복수.

복수.

복수.

*

3인칭 단수.

Mr. Snake hates British !!!

*

인천공항에 도착하자마자 국정원 요원은 전화를 걸었다.

"아, 예. 편집자님. 저입니다. 원고 제목을 좀 바꾸려고요. 『그리고 뱀파이어는 없었다』에서 『그리고 뱀fire는 있었다』로 변경해 주시고요, 방향도 수정하려 합니다. 뱀파이어들이 생각보다 말이 통하더라고요. 영국 정치인들보다 더 잘 통해요. 지금 영국 내에 뱀파이어가 천여 명이라는데, 이들이 뱀fire가 되기 위해 고정적으로 떡볶이를 식사해 준다면 엄청난 수출 경제가 이뤄질지 모릅니다. 상생하는 겁니다."

*

-뱀파이어의 대한민국 입국을 반대한다.

-뱀파이어가 범죄를 저지르면 책임질 건가.

인천공항은 시위대로 가득했다. 우리가 했던 13시간의 비행 동안 Snake 씨의 소식이 퍼진 모양이다. 어떻게 알아냈는지, Snake 씨가 수용할당제를 통해 영국에 입국한 난민이라는 과거까지 들먹였다.

그러거나 말거나. 이미 합법적인 절차를 밟아서 출입국 신고까지 마친 상태다. 나와 Snake 씨 그리고 국정원 요원은 시위대를 피해서 자동차에 탑승했다. 이제 내가 목적지만 말하면 되는 상황이었다. 사망 떡볶이 재료를 구매하기 위한.

고민이 됐다.

재료야 사실, 영국에서도 구매할 수 있었거든. 굳이 대한민국까지 온 건, 시간을 끌었던 것이다. 나는 결단을 내리지 못했다. 마음속에는 더러움과 죄책감이 공존했다. 마치 영국 배우들이 내 떡볶이를 먹고 죽었을 때처럼.

그들에게는 미안해서 죄책감이 든다.
근데 오로지 내 탓이라는 인간들은 더럽다.

마찬가지다. 이건 더러운 영국 정치인들이 뱀파이어들에게 거짓말을 한 탓이다. 하지만 그 피해를 일반 영국 시민들이 짊어질 생각을 하니 나는 죄책감이 든다. 이런 생각을 하는 사이에 자동차는 올림픽대로를 지나서 내가 사는 동네로 향했다. 막노동 현장의 기숙사다. 안전모를 쓴 동료들이 나를 반겨줬다.

"어이, 김 씨. 영국은 잘 다녀왔나."

"오늘부터 복직인 것이지?"

아니, 반겨준 게 아니었다. 나를 붙잡고 곧장 일터로 끌고 갔다. 그래서 나는 설명했다. 뉴스를 보셨으면 알겠지만, 지금 내 뒤에 있는 건 Snake 씨이고, 옆에 있는 건 국정원 요원이다. 나는 떡볶이를….

"뱀파이어건 사파이어건 시끄럽고, 빨리 일 혀."

"뉴스 볼 시간이 어디 있어, 바빠 죽겠는데."

"Stop. Where are you going?(어디 가냐?)"

내 오른팔은 동료들한테, 왼팔은 Snake 씨에게 붙잡혔다. 서로들 내가 필요하다며 당기는데, 좌파가 될 것인가, 우파가 될 것인가.

혼자 살면서 상식파가 되고 싶지만, 그러기엔 돈이 없었다.

나는 양쪽에서 당기는 힘에 저항하지 못하고 능지처참의 고통을 느꼈다. 양쪽 다 양보가 없었다. 그러자 Snake 씨가 화를 냈다. 빨리 떡볶이 달라고 소리쳤다. 동료들이 영국에서 기다리고 있다고. 근처에 있던 태양열 패널을 던지며 위협했다. 태양열 패널은 그대로 건설 현장의 옥상에 안착했다. 공사장 동료들은 잡고 있던 내 손을 놓았다.

"와. 이거 오늘 옮겨야 했던 건데."

"외국인 형씨 힘이 제법이네."

Snake 씨는 어리둥절해졌다. 공사장 동료들은 Snake 씨에게 벽돌 더미를 건넸다. Snake 씨는 스티로폼을 던지듯 간단하게 던져버렸다. 벽돌은 이동해야 할 장소에 안착했다. 그러자 다시 한 번 박수가 나왔다. 덕분에 오늘 일 다 끝났어. 이제 형씨 바라는 대로 같이 떡볶이나 먹을까? Snake 씨는 그 말을 알아듣지도 못했을 거면서 눈물을 터뜨렸다. 영어로 중얼거렸다.

옆에서 구경하던 국정원 요원은 흐뭇한 표정을 지었다.

"살면서 환영을 받은 게 처음이라는군."

*

"나, 한국, 좋아합니다."

어느새 Snake 씨는 한국말을 능숙하게 구사한다. 그가 한반도에 정착한 지도 한 달이 지났다. 그 시간 동안 Snake 씨는 많이 변했다. 영국인에 대한 분노로 가득하던 마음은 한국인을 위한 사랑으로 변모했다. 그 사랑은 한국 사회에 커다란 변화를 가져왔다. 대한민국이 영국보다 먼저 매혈 합법국이 되도록 만들었다.

거기에는 우리 공사장의 동료들이 큰 공헌을 했다.

Snake 씨 덕분에 한 달 걸릴 공사가 이틀 만에 끝났다고 알리며, 능력 있는 노동자가 대한민국에서 재능을 펼칠 수 있도록 도와달라고 주장했다. 어차피 공사장 노동하다가 다쳐서 피 흘려도 산재처리 안 되는데, 노조 만들고 파업할 바에야 건강하게 피 뽑는 게 낫지 않나?

그건 Snake 씨도 피차일반이었다. 영국으로 돌아가서 탄압받을 바에야 대한민국에 남고 싶어 했다. 그래서 국정원 요원은 일부 국민들의 반대에도 '매혈 합법화' 법안을 추진했다. 나는 공사장 컨테이너 박스에서 사망 떡볶이를 만들다가 그 소식을 알았다. 갑자기 큰 소리가 들려서 밖으로 나오니 공사장 동료들이 Snake 씨를 헹가래 쳐주고 있었다. 그 앞에서 국정원 요원은 웃고 있었다.

"아, 신전 씨. 오셨군요. 바로 출국할 준비하십시다."

"출국이요?"

"영국에서 다른 뱀파이어 고객님들 다 데려옵시다."

다음 날, 공사장 컨테이너 박스는 헌혈의 집처럼 꾸며졌다. 동료들은 출근해서 피를 뽑았다. 그러면 하루치 업무가 끝이었다. Snake 씨는 피를 마시고, 가끔 기력이 딸리면 사망 떡볶이를 먹고 노동을 했다. 각자가 맡은 일은 각자에게 일 더하기 일처럼 일도 아닌 일이었다.

그런데도 돈은 예전과 똑같이 받았다.

아니, 오히려 능률이 올랐다면서 보너스가 나왔다. 나는 그 가운데에서 떡볶이를 만들며 자본주의의 끝을 느꼈다. 동시에 건강주의 패러다임의 시작을 실감했다. 새빨간 피가 화폐처럼 오가는 공사장.

깨끗하다.

차라리 깨끗하고 공평하지. 건물주도, 대통령도, 초등학생도, 재벌 2세도 심장은 결국 하나니까. 이 새로운 패러다임과 함께 대한민국은 성장할 것이다. 수출 강대국이 될 것이다. '한강의 기적'을 잇는 '빨강의 기적'을 일궈낼 것이다. 그날을 위해 지금 영국에서 쫄쫄 굶고 있을 Snake 씨의 동료들을 데려올 것이다.

그런데 문제가 생겼다.

"Vampires are our property.(뱀파이어는 우리의 소유물입니다)"

영국에서 뱀파이어의 한국 송환을 거부했다. 그들의 존재 자체를 골치 아파할 때는 언제고, 갑자기 태세 전환을 했다.

"Mr. Snake is snake.(뱀파이어 때문에 우리네 정치인 20명이 사망했다. 뱀파이어들은 우리에게 그 빚을 갚아야 한다. Mr. Snake 도 돌아와서 열심히 노동할 것을 명령한다.)"

뒤늦게 매혈까지 합법화를 시켰다. 하지만 그들은 뱀파이어다. 입에서 불을 뿜으며 용접도 스스로 할 수 있는 뱀fire에 비해 노동력이 한참 낮았다. 영국 정부는 어떻게든 진화시켜보려고 떡볶이 판매금지도 해제하고, 뱀파이어들에게 여러 떡볶이를 먹여봤지만, 사망 떡볶이만 못했다. 그래서 영국 내 뱀파이어들을 한국으로 송환할 수 없다는 송신과 함께 이런 딜을 제안했다.

-사망 떡볶이의 레시피를 수출해 주세요.

나로서는 나쁘지 않은 제안이었지만, 주변인들이 분노를 했기에 가만히 있었다.

83

(Snake 씨는 나에게) 절대로 수출하지 말라고 부탁했다.

(나는 국정원 요원에게) 면세품 사놓은 거 환불해야 되냐고 물어봤다.

(국정원 요원은 Snake 씨에게) 동료들을 구해줄 테니 걱정 말라고 안심시켰다. 나에게는 면세품 환불해야 한다고 알렸다.

하지만 그게 영국에 가지 않는다는 의미는 아니었다. 나는 그가 말하는 작전을 들었다. 그걸 위해서는 장을 보러 나가야 했고, 짐을 챙기기 위해 컨테이너 박스 안에 들어갔을 때. 공사장 동료들은 피를 뽑고 있었다. 영국 뱀파이어들이 한국에 도착했을 때를 대비하여 미리 뽑아놓고 있단다.

나는 일터를 나왔다. 그리고 마트에 가서 사망 떡볶이를 만들기 위한 재료들을 구매하다가… 뜬금없이 친구의 전화를 받았다. 수화기 너머의 친구는 나에게 영국에서 한식 예능 프로그램을 제작한다고 알렸다. 뱀파이어들을 뱀fire로 만들기 위해 자체 사망 떡볶이 개발 프로세스를 진행하는 거였다.

"현직 떡볶이집 사장으로서 어떻게 생각해."

별생각 없다고 대답하니까 그러지 말고 한마디 해주란다. 함께 한국 칭찬하자는 의도가 티 났다. 나는 전화를 끊었다. 할 일은 간단하다. 영국에 밀입국한다. 뱀파이어들을 구출한다. 한국으로 돌아온다.

*

나와 국정원 요원, Snake 씨는 스무 시간의 비행을 마치고 노리치 공항에 내렸다. 공항에서 가짜 신분으로 출입국 심사를 마치고, 목적지를 향해 나아갔다. 우리에게는 꿈이 있었다. 인간과 뱀파이어가 화합하는 시대를 위한 꿈.

그렇게 며칠을 고생해서 뱀파이어들이 모여 있다는 마을에 당도했건만, 도착하자마자 우리를 반긴 건 근위병들이었다. 그들은 우리가 올 줄 알았다는 듯이, 미리 준비하고 있었다. 이윽고 국정원 요원이 통역해줬다.

"산업 기술유출 범죄로 우리를 체포한다는군."

그리하여 나와 국정원 요원, Snake 씨는 다른 뱀파이어들이 갇혀 있는 수용소에 도착했다. 식사는 하루에 두 번 피시 앤

칩스가 나왔다. 우리는 맛없어서 안 먹는 음식이지만, 뱀파이어들은 애초에 못 먹는 거였다. 거기에는 큰 차이가 있었다.

우리가 움직일 때마다, 뱀파이어들의 이빨이 덜덜 떨렸다. Snake 씨는 다 함께 딱딱이 놀이하는 거라며 안심시켰지만, 자꾸만 나와 국정원 요원 옆으로 슬금슬금 다가왔다.

"왜 그러세요."

"그냥 추워서요."

"근데 입은 왜 벌리세요?"

"하품이에요."

깜빡 졸았다가는 목덜미 뜯길까 봐 나와 국정원 요원은 눈을 부릅떴다. 그런 우리를 보고 뱀파이어들은 더러워서 안 먹는다며 자기들끼리 구석으로 가 버렸지만… 먹을 생각이 있긴 했단 거잖아? 가뜩이나 무서운 와중에 뱀파이어들은 자기들끼리 싸우기까지 했다.

"I'm here pick you up.(나는 너네 데리러 왔던 거야)"

"Nah…(응, 안 가~)"

다른 뱀파이어들이 Snake 씨를 배신자로 몰았다. Snake 씨가 한국에 가면 우리 모두 행복해질 수 있다고 설득해도 그들은 차라리 영국에서 굶는단다. 왜냐고 물어보니까,

더러워서

더러워서 Snake 씨가 행복한 꼴은 못 보겠단다. 한국인들한테 이용당하는 걸 행복이라고 포장하는 꼴이 더럽다는 말에… 나와 국정원 요원은 괜히 눈치가 보이고 무서웠다. 그 순간 수용소 문이 열리고 근위병들이 나타났다. 그들은 나와 국정원 요원을 호출했다. 손에는 내 장바구니를 들고 있는 채였다.

이윽고 국정원 요원이 언제나 그랬듯이 통역을 해줬다.

"너 사망 떡볶이 만들래, 아니면 뱀파이어한테 물릴래?"

나는 다시 선택의 기로에 놓였다. 한국에서와 같은 제안이었지만 상황은 달랐다. 그때는 잘살기 위해서 고민했다면, 지금은 살아남기 위해 고민한다.

*

재료는 충분히 준비돼 있다.

다만 이 재료들로 만든 사망 떡볶이를 뱀파이어들에게 기쁘게 제공하는 미래를 기대했건만, 역시 바라는 대로 이루어지는 건 없구나. 그래도 그토록 꿈꾸던 떡볶이 세계화를 이뤄냈으니 기뻐해야 하나? 냄비에 떡을 털어 넣으며 나는 다시 '주유소 습격사건'을 떠올렸다. 영화 주인공의 "나는 한 놈만 팬다"라는 대사를 떠올렸다. 이제 와 생각해 보면 그건 어차피 적들을 이길 수 없기에 택한 작전이 아닐까.

나도 마찬가지다.

어쩔 수 없다. 아무도 자본주의를 이길 수 없다. 그러니 한 사람… 한 집단만 제대로 조지면 되는 거야. 뱀파이어들이 안타깝지만 연민 따위는 사치다. 깨달음과 함께 냄비가 보글보글 끓었다. 상쾌한 생화학 음식의 냄새가 부엌을 메웠다. 나는 완성된 사망 떡볶이를 들고 국회의사당 로비로 나섰다.

뱀파이어들은 온몸이 결박된 채로 음식을 기다리고 있었다. Snake 씨도 마찬가지였다. 그 앞에서 인간들은 나를 기다리고 있었다. 소방관부터 영국 고용노동부 장관까지. 국정원 요원은 나더러 만약 우리가 대한민국에서 반역자로 몰리면, 영국에서 책임을 져주기로 했다고 자랑… 하려다가 사망 떡볶이의 냄새를 맡고 캑캑거렸다.

떡볶이 나왔습니다.

나는 뱀파이어들 앞에 섰다. 곧 뱀fire로 진화하여 노동을 하실 몸들이었다. 그 대신 정식 시민으로 인정받고, 혈액도 합법적으로 공급받겠지만…. 표정들이 없었다. 그러나 시간문제였다. 이윽고 사망 떡볶이를 입에 넣은 그들의 얼굴이 일그러졌다. 거기까지 확인한 뒤, 마치 폭죽에 불붙였을 때처럼 나는 재빨리 소방관들 뒤에 숨었다. 소방관들이 호스를 들며 불을 끌 준비를 했다.

하지만 아무런 일도 일어나지 않았다. 뱀파이어들은 뱀fire가 되지 않은 채 숨만 헐떡였다. 나는 다시 불을 붙이러 가야 했다. 즉, 사망 떡볶이를 한입씩 더 먹였다. 그렇게 몇 번을 더 반복했는데도 폭발은 일어나지 않았다. 떡볶이 만들어본 적도 없는 영국인들이 훈수를 두기 시작했다.

"Hey, Make it spicier."

오기가 생긴 나는 떡볶이에 소스를 들이부었다. 그리고 다시 먹이려는 순간, Snake 씨와 눈이 마주치고 말았다. 그는 때를 놓치지 않고 한국말을 했다.

"차라리 죽여줘…."

한때는 사망 떡볶이로 희망을 꿈꿨던 그는 이제 절망적인 표정이다. 나는 그걸 보고도 내 할 일을 했다. 인간은 너무나도 나약한 반면 뱀파이어는 너무나도 건강하구나. 아무리 사망 떡볶이를 먹어도 사망하지 않는 뱀파이어들. 그 옆에는 냄새만 맡아도 콜록거리는 인간들…. 마침내 뱀파이어들도 콜록거리기 시작했다. 소방관들은 이번에는 정말 다르다는 걸 느꼈는지 물을 뿜어내기 시작했다.

적절한 대처였다.

순식간에 뱀파이어들의 비명 소리와 함께 불도 뿜어져 나왔다. 물과 불은 뒤엉켰다. 뱀fire들의 불과 군사력 1위 섬나라의 물…. 세계관 최강 자연들의 대결이었다. 모두들 이 괴상한 물불 안 가리는 광경을 멍하니 바라봤다. 이윽고 그것이 불놀이로 바뀌기 전까지.

*

매캐한 연기가 나를 감쌌다. 앞은 보이지 않았다. 비명 소리만 들려왔다. 사람뿐만이 아니라 뱀fire들의 비명 소리도 함께였다. 다 함께 좁은 국회의사당에 갇혀 죽어가고 있었다.

어쩌면 이미 지옥에 도착했나.

지옥에 가면 생전에 남긴 음식들을 다 섞어먹어야 한다는데. 내가 남긴 몇 톤의 사망 떡볶이를 먹어야 할 생각에 혀가 떨렸다. 뒤늦게 고백하지만… 나는 사실 사망 떡볶이를 먹어본 적이 없거든…. 매운 거 안 좋아하거든…. 어쩌다 이 지경까지 왔을까…. 슬픔과 함께 폐 속 깊숙한 곳부터 고통이 차올랐다. 나는 기침을 하다가 고개를 들었는데, 갑자기 저만치에서 밝은 빛이 쏟아지기 시작했다.

빛은 불과 연기 사이를 갈랐다. 그러자 거짓말처럼 통증이 사라졌다. 주변인들의 비명 소리도 차츰 멎어들었다. 국회의사당 건물은 그야말로 박살이 나 있어서, 푸른 하늘이 보였다. 빛의 출처는 거기였는데…. 아아, 나는 하늘에 있는 한 사람을 보고 참회의 눈물을 흘릴 수밖에 없었다.

"아버지…."

몇 년 전에 돌아가신 아버지. 그가 하늘에서 이곳을 향해 내려오고 있었다. 몸집은 전보다 몇 백 배는 더 거대해져 있었고, 그보다 조금 더 큰 누군가와 함께였는데, 처음에는 알아보지 못했다. 그저 가시나무를 쓴 외국인이라고만 생각했다.

"Oh, Jesus Christ…! Saving us!"

등 뒤에서 들려오는 영국인들의 비명 소리 덕분에 어렴풋이 알았다. 아아…. 아버지가 하나님 아버지까지 데려오셨구나. 함께 지켜보고 계셨구나. 이 극적인 순간에 나는 참회의 눈물을 흘릴 수밖에 없었다. 나더러 대학교 졸업할 때까지 취업이 안 되면 가게 물려받으라던 아버지. 순수한 의도로 말씀하셨겠지만…. 당시의 나는 순수한 상태가 아니었다. 나보다 학점 떨어지는 애들은 잘만 취직하는데…. 친구들은 위로랍시고 "야, 너는 아버님 사업 물려받으면 되잖아."라고 말하고….

나는 그저 똑같은 삶을 살기 싫었다. 다른 장소에서 죽고 싶었다. 그래서 떡볶이 가게를 물려받자마자 아버지와는 다른 의미의 세계화를 꿈꿨다. 자극적인 소스를 부었다.

하지만 아버지. 저는 깨달았습니다. 그런 욕심들이 모였다가는 결국 세계가 지옥으로 변모하고 마는 것을요. 나는 천천히 주변을 둘러봤다. 헉헉거리는 영국인들. 벌벌 떨고 있는 국정원 요원. 하얗게 불태운 뱀파이어들. 주위 곳곳에 퍼져 있는 새빨간 혈액들. 뱀파이어들이 토한 빨간 양념들.

아버지와 하나님 아버지는 그 모든 빨강을 인자하게 지켜본 뒤, 천천히 입을 벌리고 말씀하셨다.

"우왕, 떡볶이당!"

"네?"

그리고 미처 생각할 겨를도 없이 우리에게 혓바닥을 내미셨 ….

할짝할짝.

『그리고 뱀fire는 있었다』

"대한민국을 위해 목숨을 바쳤던 국정원 요원 R씨가 남긴 단 한 권의 유고집!"

세계적인 경제 대공황 앞에서 대한민국을 지켜내려던 국정원 요원 R씨. 지난여름. 김신전씨와 몇 십 명의 영국인들, 그리고 뱀파이어들과 함께 갑작스럽게 실종된 그가 남긴 이 책에는 떡볶이와 뱀파이어를 둘러싼 고군분투기가 담겨 있다.

이제는 세상에서 볼 수 없는 뱀파이어에 대한 기록이자, 애국심이 묻어 있는 그의 문장들은 특별하게 다가온다. Snake씨를 그리워하는 노동자들, 사망 떡볶이의 맛을 그리워하는 이들 그리고 피를 뽑는 것만으로 먹고 살 수 있을 거라고 희망을 품었던 한국인들에게 이 책은 슬프지만 아름다운 선물이 될 것이다.

(이상 출판사 '고블' 보도자료)

작가 후기

갈수록 비트코인, 주식 투자 등을 바탕으로 한 투자소득이 높아지는 반면, 근로소득의 가치는 초라해져갑니다.

한쪽에는 투자소득으로 얻은 이익을 다시 투자하는 계층이 존재하고, 다른 한쪽에는 생존하기 위해 자신의 근로소득을 투자하는 계층이 존재합니다. 두 계층이 짊어지는 실패의 리스크가 다르기 때문에 계층 간 간극은 갈수록 커질 수밖에 없습니다. 저는 그 미래를 상상하다가 문득, 이런 생각이 들었습니다.

"피를 뽑아서 투자하는 시대가 올 수도 있겠군…."

「떡볶이 세계화 본부」본문에 적힌 문장처럼, '건물주도, 대통령도, 초등학생도, 재벌 2세도 심장은 결국 하나'이니까 말입니다. 모든 걸 잃어도 살아 있는 한, 심장은 갖고 있습니다.

그렇기에 작품 속에서 주인공의 공사장 동료들은 피를 뽑아서 뱀파이어에게 투자합니다. 오로지 생존만을 위한 노동을 지속하고 있던 이들에게 갑자기 나타난 뱀파이어의 존재는 위협이 아니라 희망입니다. 노동의 강도를 줄일 수 있게 만들어주니까요.

물론 그 이면에는 뱀fire라는 설정이 존재하고, 이들은 사실 건강주의 패러다임에 맞게 등장한 새로운 노예에 불과하지만… (Snake씨는 환영 받아서 기뻐하지만… 사실은 이용당하고 계신 거라고 저는, 생각합니다.) 뭐, 이런 구조는 자본주의 시대에도 존재했으니까요.

그렇기에 저는 이 작품이 참 슬프다고 생각합니다. '죽고 싶지만 떡볶이는 먹고 싶어'라고 말하던 이들이… 이제는 떡볶이 먹다가 죽어버리고….

아무튼!

이 작품은 한때 저에게 '교회에서는 부활철에 떡볶이를 먹는다'라고 뻥을 쳤던 친구 덕분에 탄생할 수 있었습니다. 그 친구는 떡볶이 소스가 '피', 하얀 떡이 '살'이라는 근거를 들었습니다. 저는 정말로 속아버려서 그 유사신학을 전파하고 다녔는데, 나중에야 친구가 저한테 와서 "풉. 그걸 믿었니?"라고 위로해주었습니다.

아직 제가 해명을 못 해서 그 유사신학을 믿고 있을 또 다른 친구들에게 이 작품을 바칩니다.

정직한 살인자

— 홍지운

네가 미웠다고. 죽으라고 저주했다고 말했어야 했는데. 나는 어느새 쏟아지기 시작한 폭우 속에서 용달차의 화물칸에 올라선 채, 미처 다 닫히지 않은 가방의 지퍼 사이로 보이는 남편의 얼굴을 향해 속삭였다. 화살처럼 쏟아지는 빗방울이 뺨에 부딪힐 때마다 흉터가 쑤신다. 나는 화상자국을 어루만지고는 남편의 시체가 든 가방의 지퍼를 단단히 닫고 훔쳐 온 쇼핑카트에 옮겨 실었다.

"형관아. 만약 가는 도중에 누가 우리를 보면, 도대체 뭐라고 설명해야 할까? 네 얼빠진 표정의 시체를 들켜버리면 말이야."

나는 쓴웃음을 지으며 가방 안에 든 시체에게 질문을 던졌다. 그러게. 이건 도대체 뭐라 설명을 해야 하나. 나는 만약의 경우에 대비해서 몇 가지 변명거리를 고민했다. '조폭인 남편

자식이 죽어라고 염병을 하기에 독을 먹어서 죽여 버렸다'라
는 상황을 도대체 또 어떻게 설명한다는 말인가?

인적이 드문 야심한 새벽의 저수지라고 하더라도 누가 언제
이 근처를 지날지 모르는 노릇이다. 아무리 사소하더라도 눈
에 띌 법한 행동은 가능한 피해야만 한다. 만약 누가 내 모습
을 보기라도 했다간, 이 모든 노력이 수포로 돌아가게 될 테니
까. 가로등 하나 없는 어두운 산길이었기에 핸드폰을 켰다.

03: 32. 아무런 알림도 없이 현재의 시간만이 기록되어 있
다. 나는 핸드폰을 조작해 손전등 앱을 켰다. 그러고는 험한
길에서 넘어지지 않게 앞이나 위가 아닌 발밑만을 향하도록
핸드폰을 고쳐 쥐었다.

빗줄기가 거세게 땅바닥을 때리고 저수지의 표면을 부순다.
용달차를 세운 곳에서 저수지까지 가기 위해 카트를 십 분도
넘게 밀어야 했다. 땅이 물기로 질척해지고 바퀴가 온갖 곳에
부딪혔기 때문이다. 으슬으슬 살이 떨리고 흉터가 쑤셔온다.
냉기가 폐까지 스며들지만, 괜찮다. 비구름은 달을 가리고 빗
소리는 카트가 굴러가며 내는 소음을 감춘다. 남편의 시체를
버리기에 참 좋은 날씨다.

나는 끙끙거리며 주변에서 주운 돌덩어리들과 남편의 시체가 든 가방을 보트로 옮긴 뒤 저수지의 가운데로 갔다. 다음으로는 큰 소리가 나지 않게 조심스레 가방에 돌덩어리를 넣어 무게를 더한 뒤, 수면 밑으로 밀어넣었다. 생각했던 것보다 큰 파문과 함께 소음이 저수지 한가운데에 울려 퍼졌지만, 길가까지 들릴 정도는 아니다.

헛웃음이 나온다. 마장동 도끼 김형관이 보험금을 노린 위장결혼으로 만난 조선족 아내 때문에 죽어버리고는 그 손으로 저수지에 버려졌다는 사실을 알면 다들 얼마나 놀랄까. 아무도 알지 못하게 저지른 일이지만 모두가 알게 해주고 싶다. 사건의 전말을 큰 소리로 외쳐가며 하나하나 다 들려주고 싶다.

펑!

펑펑펑!

그리고 그 순간, 폭음과 함께 저수지의 밑바닥에서부터 하얀빛을 뿜어내는 금속질의 정육면체가 떠올랐다. 뭐지? 도대체 무슨 일이 일어난 거야?

나는 벌벌 떨면서 공중을 날고 있는 쇳덩어리를 바라보았다. 볼링공 정도는 될 크기의 이 쇳덩어리가 뿜어내는 빛은 저수지의 전역을 밝힐 정도다. 쇳덩어리는 내가 눈이 부신 나머지 손으로 얼굴을 가리니까 밝기를 좀 낮추었다. 그러고는 표면을 진동시켜 소리를 내었다. 마치 자동차의 엔진이 사람의 목소리를 흉내내는 것과도 같은 소리를 말이다.

"선생님."

"쇠, 쇳덩어리가 말을 했어?"

"선생님께서 떨어뜨린 시체는 이 금으로 된 시체입니까, 아니면 이 은으로 된 시체입니까?"

저수지의 밑바닥에서부터 떠오른 하얀빛을 뿜어내는 금속질의 정육면체가 질문을 마치자 남편이 죽었을 때의 모습처럼 똑같이 생긴 금빛과 은빛의 뒤틀린 시체 전신상 두 개가 수면 밑에서 솟아올랐다. 금속질의 정육면체는 내가 금으로 된 김형관 전신상과 은으로 된 김형관 전신상을 확인한 것을 확인한 뒤, 다시 한 번 힘찬 목소리로 나에게 말을 건넨다.

"몇 가지 질문에 정직하고 성실하게 답변을 해주시면 감사의 마음을 담아 소정의 상품으로 보답하겠습니다."

"…뭐?"

"넌 누구야?"

"저는 외계인에서 온 행성 크루통입니다."

"뭐?"

쇳덩어리는 붕붕 떨면서 또다시 금속음을 낸다. 이게 행성 이라고?

"사죄의 말씀을 드립니다. 외계인에서 온 행성 크루통이 아니라 행성 크루통에서 온 외계인입니다. 필드워크에 할당된 예산이 모자라는 나머지 구형 번역기와 드론을 지급받은 바람에 의사전달에 오류가 있었습니다."

하긴 그렇겠지. 그 편이 더 말이 되지 않는가. 새벽 비가 주는 냉기 때문인지, 아니면 시체유기로 인한 긴장 때문인지, 혹은 외계인을 목격한 충격 때문인지, 내 몸이 나의 의사와 무관하게 이를 부닥치며 벌벌 떨기 시작했다.

"저의 이름은 인간의 성대로는 발음하기 어려우실 테니, 카렐이라고 부르시기를 요청 드립니다."

"좋아, 카렐… 방금 나한테 뭐라고 물어본 거야?"

카렐은 축을 약간 뒤틀었다. 사람으로 치면 고개를 갸웃거리는 행동일까? 쇳덩어리가 조작한 것인지, 그처럼 동동 떠 있던 금 조각상과 은 조각상이 차례대로 살짝 높이 떠올랐다가 다시 내려가기를 반복한다.

"선생님께서 떨어뜨린 시체는 이 금으로 된 시체입니까, 아니면 이 은으로 된 시체입니까, 라고 여쭈었습니다."

"너는 그게 왜 궁금한데?"

"저는 필드워킹 중입니다."

나는 혼란 속에서 쇳덩어리가 하는 설명을 차근차근 들었다. 쇳덩어리의 설명은 다음과 같다. 카렐은 인류 연구를 위한 필드워킹을 목적으로 지구에 찾아왔다. 현재는 기초적인 통계 정리와 문헌의 수집은 마쳤지만, 인간들을 대상으로 하는 설문조사가 남았으며, 나에게 건넨 질문도 그 조사의 일환이었다.

믿기도 어렵지만 의심하기도 어려운 설명이었다. 하얀빛을 내뿜으며 공중에 떠서 사람에게 이상한 설문조사를 요청하는 쇳덩어리라니, 외계인 외에 또 무슨 가능성이 있을까. 하지만 확인이라도 해보고 싶었다.

"내가 그 이야기를 어떻게 믿어?"

"이렇게 하면 선생님께서 믿어주실까요?"

쇳덩어리가 잠시 부르르 떨자, 하늘에서 비구름을 뚫고 커다란 비행접시가 내려왔다. 아파트 한 채는 될 법한 크기의,

아주 커다란 비행기가. 그리고 그 비행접시의 돌출부에서 굵직한 광선이 쏘아져 저수지 옆의 풀밭을 태워버렸다. 풀밭이 타고 남은 자리에는 기괴한 도형의 미스테리 서클이 그려져 있었다.

카렐이 다시 신호를 보내자 비행접시는 다시 비구름 위로 올라간다. 좋아. 거짓말을 하면 안 되겠군.

"그래. 믿겠어. 그런데 아까 질문은 도대체 뭔데? 왜 이런 외진 곳에서, 왜 이런 상황에 물어보는 건데?"

"문헌 조사 과정을 통해 발견한 인류문화권에서 보편적으로 사용되는 설문 방법을 적용하기로 결정했기 때문입니다."

아마 카렐이 조사했다고 하는 문헌은 아동용 동화책이고, 그 동화책은 〈금도끼와 은도끼〉였던 것 같다. 그러니 외계인이면서 동화책에 나올 산신령처럼 질문했던 것이겠지. 나는 사색이 되어서 이 연구 설계조차 제대로 하지 못하는 한심한 인류 연구자를 바라보았다.

"왜 그런 설문을 해야 하지?"

"문헌 조사 과정을 통해 발견한 인류문화권에서 보편적으로 사용되는 설문 방법을 따르지 않으면 죽으니까요."

정정. 아마 카렐이 조사했다고 하는 문헌은 평범한 아동용 동화책은 아니고, 그 동화책은 〈금도끼와 은도끼〉를 이상하게 옮긴 책인 것 같다. 도대체 어떤 〈금도끼 은도끼〉에서 산신령이 묻는 질문에 대답하지 않았다는 이유로 사냥꾼을 잡아 죽였다는 말인가?

어떻게 해야 할까. 어떻게 해야 이 상황에서 벗어날 수 있을까. 만약 내가 저수지에 떨어트린 것이 쇠도끼였다면 문제는 간단했을 것이다. 정직하게 쇠도끼를 떨어트렸다고 말하면 되니까. 그랬다면 이 외계산신령이 나의 정직함에 보상하기 위해 금도끼와 은도끼 그리고 쇠도끼를 전부 다 줬겠지. 하지만 내가 저수지에 떨어트린 것은 쇠도끼가 아니라 마장동 도끼 김형관이었다. 외계산신령이 갖고 온 것은 1:1 스케일의 순금과 순은의 인체모형이었고.

쏟아지는 빗줄기가 신경을 날카롭게 만든다. 내가 저수지에 버린 것이 금 시체도, 은 시체도 아닌 남편의 시체라고 정직하게 밝히면 어떻게 될까? 설화대로 세 종류의 시체를 전부 다 주려나? 아마 그럴 가능성이 높겠지. 그러면 나는 남편의 시체를 숨기려다 시체와 시체처럼 생긴 조각상 두 개를 얻게 되는 셈이다. 아니. 안 된다. 그랬다가는 마장동 도끼를 찾아다니는 조폭들이 나를 잡아다가 똑같이 시체로 만들고는 이 저수지에 와서 갖다 버리려고 할 테니까. 그러면 범사위파의 두목은 김형관의 조각상 두 개와 나의 조각상 두 개 그리고 보험금까지 몽땅 독차지하게 된다. 끔찍하다.

차라리 내가 설문조사에 응하지 않고 죽어버릴까? 아니, 그럴 수는 없다. 김형관을 죽이면서 겨우 살아남은 내 목숨이고 내 인생이다. 이렇게 포기할 수는 없다.

"선생님께서 떨어뜨린 시체는 이 금으로 된 시체입니까, 아니면 이 은으로 된 시체입니까? 선생님께서는 대답하기 어려운 질문이었을까요? 그것도 아니라면 죽거나 말거나 상관이 없으신가요?"

이렇게나 간명한 살해협박이라니. 이 사람살이에 대한 이해도가 떨어지는 쇳덩어리는, 내가 금으로 된 시체를 떨어뜨렸다고 하면 그걸 그대로 갖고 가라고 할지도 모른다. 저수지에 시체를 버린 뒤 바로 집으로 돌아가도 알리바이를 만들기 빠듯한데, 커다란 조각상을 처리할 시간까지 만들어낼 수는 없다.

〈금도끼와 은도끼〉의 교훈은 정직한 사람에게 복이 온다는 것이다. 아마 이 외계인이 굳이 이런 설문조사를 시작한 것도 이 〈금도끼와 은도끼〉의 교훈처럼 인류의 정직함에 대해 확인하기 위함일 가능성이 높다. 무엇보다 나의 응답을 통해 인류가 정직하지 않다고 결론이 내려졌을 때, 이 우주적 산신령이 우주적 징벌을 내리지 않으리라는 보장도 없다. 방금 외계에서 왔음을 증명하겠다며 저수지 옆에 만들어놓은 미스터리 서클은 아직 불길이 다 잡히지 않은 상태다. 이렇게나 폭우가 내리고 있음에도 말이다. 잘못 대답했다가는 나 하나의 죽음만이 아니라 인류의 멸종으로 이어질지도 모른다.

그렇다면 내가 할 일은 하나다. 정직하게, 내가 정직하지 않은 사람이라고 고백하는 것이다.

"좋아. 내가 저수지에 버린 것이 무엇인지, 왜 버린 것인지에 대해 정확하게 말해주지. 잠자코 들어."

카렐은 10센티 정도 위로 떠올랐다가 다시 아래로 10센티 정도 내려가기를 반복했다. 마치 사람이 고개를 끄덕이는 것처럼.

나: 너는 외계인이니 인류에 대해 잘 모를 수도 있겠지. 그러니까 조금 설명을 길게 할게. 나도 너처럼 이곳 사람이 아니야. 외계에서 온 것은 아니고, 외국에서 왔거든. 네가 여기서 들어봤을 법한 표현으로 말하면 조선족이지. 한국으로 넘어

오기 전까지는 제법 잘 살았어. 공부도 오래 했고. 하지만 고향에서 문제가 생긴 나머지 집안은 쫄딱 망해, 얼굴에 화상까지 입고 여기로 도망쳐야 했지.

카렐: 선생님의 출신지에 대해서는 이미 억양을 수집한 자료를 분석하여 짐작한 바입니다.

나: 그래? 알았어. 이야기를 계속할게.

나는 내 표정이나 목소리에서 긴장이 느껴지지 않을까 염려하며 잠시 숨을 골랐다. 억양만으로 내 출신지를 알았다고? 카렐은 내가 염려했던 것보다 더 인간들에 대해 잘 알고 있거나 분석능력이 있다는 이야기다.

나: 난 한국에 와서 갈 곳이 없었어. 빚에 팔려온 신세였으니까. 결국 조폭들 손에 끌려서 술집에 가게 되었어. 하지만 얼굴의 화상 흉터 때문에 술집의 잡일만 맡게 되었지.

카렐: 조직폭력배가 그렇게 순순히 일을 처리했습니까?

나: 왜냐면 잡일에 더해 하게 된 일이 있었기 때문이야. 그건 바로 결혼 사업이었지. 생명보험이 걸린 조직의 총알받이나 빚쟁이와 결혼을 시키는 거야. 그래서 내 위장결혼의 상대가

죽으면 보험금을 내가 수령한 뒤 조폭들에게 헌납하는 것이고. 반대로 내가 먼저 죽으면 총알받이나 빚쟁이가 내 몫의 보험금을 챙겼겠지.

카렐은 정사각형의 쇳덩어리 육체를 90도 돌린다. 아마 아래를 바라보기 위함이 아닐까 모르겠다. 나는 긍정의 표시로 고개를 끄덕였다. 그나저나 〈금도끼와 은도끼〉 수준의 설문을 하면서도 조폭에 대한 이야기도 자연스레 답변하다니, 이 녀석이 갖고 있는 상식의 범주는 어떻게 생겨먹은 것일까.

나: 나는 그렇게 마장동 도끼 김형관이와 결혼했어. 보험금을 노린 위장결혼을 말이야. 김형관은 마장동 범사위파의 조무래기였어. 커다란 키에 산적 같은 얼굴을 하고서도 싸움도 못해 머리는 나빠, 생김새 말고는 조폭다운 면이 없었지.
카렐: 그래서 총알받이로 쓰인 것입니까?
나: 맞아. 하지만 김형관은 범사위파의 보스를 제 아비마냥 따랐어. 다른 사람들한테는 양아치처럼 굴었는데도 말이야. 보스는 어릴 적부터 자기를 챙겨줬고 결혼까지 시켜줬으니 충성을 다 해야 한다나? 멍청한 새끼.

욕지기가 치밀어 올랐지만, 담담한 표정을 지으려고 이를 꽉 다문다. 굳이 외계인에게 내 분노까지 전달할 필요는 없으니까. 카렐은 금속으로 된 몸을 흔들거리면서 다음 이야기를 기다릴 뿐이다.

나: 김형관은 나를 만났을 때부터 나한테 존댓말을 했어. 내가 나이가 많으니 당연히 누님으로 모셔야만 한다나? 내 입장에서 봤을 때는 웃기는 수작이었지.

카렐: 어째서입니까?

나: 우리의 결혼은 둘 중 하나가 죽어야만 의미가 생기는 결혼이었으니까. 그래야 거기서 나온 보험금을 상납할 수 있잖아.

카렐: 과연, 알겠습니다.

나: 일반적으로 보험은 예상 밖의 사고를 대비하기 위해 가입하는 거지. 하지만 우리에게 보험은 예정된 사고에 대한 각인이었어. 21세기판 노예문서였다고. 정다운 부부놀이를 할 상황은 아니었어.

나는 마장동 도끼 김형관과 나의 결혼을 떠올렸다. 그 시작은 분명 여기서 누가 먼저 용도폐기가 되느냐를 겨루는 승부에 불과했다. 김형관이 조폭 간의 전쟁에서 죽거나, 김형관이 출세해서 나 같은 조선족에 팔려온 여자가 필요 없게 되거나에 따라 누구 하나는 죽고 누구 하나는 보험금을 받아 범사위파 보스와 나눠 갖게 될 그런 운명이었으니까.

당연히 이 승부에서 불리한 사람은 마장동 도끼 김형관이 아니라 출신도 불분명한 조선족 여성인 내 쪽이었다. 그래서인지 결혼 초기의 우리 사이는 제법 나쁘지 않은 편이었다. 범사위파의 다른 조직원들도 나를 제수나 형수라고 부르면서 일정 이상 대우를 해주기도 했으니까. 내가 그와 그들에게 위협이 되지 않으니까 가능한 관계였다.

나: 그뿐인가. 신혼 때는 잘 대해줬어. 족발이니 곱창이니를 사들고 오기도 했고.

카렐: 조직폭력배 사회 특유의 가부장적인 문화가 위장 결혼의 대상에게 한시적으로나마 시혜의 형태로 작용되는 것이었겠군요.

나: 뭔 소리인지는 모르겠지만 다들 체면치레로 바빴다는

정도로 들으면 되겠지. 틀린 이야기는 아니야. 김형관이는 신혼여행도 가지 못하지 않았느냐면서 이 저수지로 나를 데리고 여행을 온 적도 있었거든. 나중에 알았지만 여기는 범사위파에서 시체를 숨기는 곳이라더군.

코웃음이 나온다. 내가 남편의 시체를 이 저수지에 버리기로 마음먹은 이유에는 이곳에 범사위파가 버린 시체들이 많다는 점도 있었다. 이 저수지는 범사위파에게 있어 결코 알려져서는 안 될 추악한 사설시체보관소다. 이곳에 경찰들을 들여보내면서까지 김형관을 찾으려고 하지는 않을 터였다.

카렐: 그랬던 선생님의 부군이 체면마저 버리게 된 계기는 무엇입니까?

나: 문제가 생겼거든. 전쟁이 터진 거야. 범사위파와 귀도파 사이에 큰 전쟁이 일어나고 만 거지. 그 순간부터 우리의 표면적인 관계는 다 사라지고 말았어. 범사위파의 시선도 완전히 달라졌지. 철없지만 그래도 씀씀이는 좋은 형님과 그 형수님은 사라지고 이제 곧 죽을 총알받이와 그 총알받이의 보험금을 들고 도망치지 못하게 감시해야 할 노예만 남은 거야.

지금도 이 전쟁이 진행 중이기는 하지만, 갓 충돌이 일어났던 당시는 지옥과도 같은 분위기였다. 남편은 항상 죽을상을 하고 집에 돌아왔고 곳곳에 전화를 하며 고함을 질러대기를 일삼았다. 겉으로는 아내 취급을 하던 나에 대한 대우도 완전히 달라졌고.

이제 와 생각하면 뭐 그리 놀랄 일인가 싶기는 하다만, 그때는 김형관의 이전과는 완전히 달라져버린 태도에 배신감마저 느꼈다. 그런데 우스운 것은 그 순간 남편의 변화에 가장 놀란 사람이 내가 아니라, 그 당사자였다는 점이겠다. 하여튼 웃긴 놈이다.

카렐: 부군이 그 상황을 받아들이셨습니까?

나: 당연히 아니지. 도망치기로 했어.

카렐: 조직폭력배로부터 벗어나는 것은 변비 같은 일이지 않습니까?

나: 뭐?

카렐: 사죄의 말씀을 드립니다. 변비 같은 일이 아니라 피똥을 싸도록 굴러서도 될까 말까 한 일이었습니다. 필드워크에

할당된 예산이 모자라는 나머지 구형 번역기와 드론을 지급받은 바람에 의사전달에 오류가 있었습니다.

나: 차라리 변비 같은 일이라고 하는 게 낫겠는데. 어쨌든 맞아. 그놈들로부터 벗어나려면 도피자금이 필요했어. 범사위파나 귀도파와 무관한 제3세력을 이용해야 했으니 직원할인도 받을 수 없는 가격으로.

그리고 그 자금을 버는 것 역시 어려운 일이 아니었다. 나를 죽이면 되니까. 나를 죽이면 보험금이 나오고, 그 보험금을 써서 도망치면 간단히 해결할 수 있는 문제였다. 이 꼼수는 범사위파로서야 손해 보는 일이기는 하다. 남편을 총알받이로 쓰고 아내한테 그 남편의 보험금을 받는 경우와 남편으로부터 아내의 보험금을 받는 대신에 총알받이 신세를 면하게 해주는 경우, 계산해보면 전자가 더 알뜰히 인재를 활용하는 방법이니까.

하지만 그렇다고는 해도 마장동 도끼는 한솥밥을 먹는 사이고 나는 그 한솥밥을 먹는 사이의 명목상의 식구였으니, 김형관이 후자의 선택지를 고르는 것을 적극적으로 막지는 않을 상황이었다. 실제로 그 주변에도 네 목숨이 더 소중하지 않느냐며 충동질을 하는 인간들이 여럿 있었으니까.

카렐도 거기까지 추론을 마쳤는지 그 쇳덩어리로 된 몸을 미동도 하지 않고서 나를 동정하듯 바라보았다. 어디까지나 내 짐작일 뿐이지만, 그렇게 느꼈다. 이제 이야기에 마무리를 지을 차례다.

나: 그래서 바로 몇 시간 전, 총알받이용 조폭과 보험사기용 예비시체 사이에 대결이 있었어. 누가 죽고 누가 살아남느냐를 결정하기 위해 벌인 큰 싸움이었지. 물건을 던지거나 고성이 오가거나. 그 사이에 그릇이 몇 개나 깨졌는지 몰라.

카렐: 승패는 어떻게 되었습니까?

나: 뻔하지, 뭐. 한쪽은 조폭이고 다른 한쪽은 그 마누라인데. 싸움이 다 끝나니 김형관이 주섬주섬 먹을 것을 하나 꺼내더군. 내가 그토록 먹고 싶다고 노래를 불렀을 때는 사오지 않았던 딸기 타르트를 말이야. 둘 중 하나는 죽어야 살 팔자인데, 먹고 죽은 귀신이 때깔도 곱지 않느냐면서 말이야. 누구 놀리는 것도 아니고. 결론이 나왔으니 그거라도 먹자는 거야.

나는 그 순간 울음을 터뜨리고 말았다. 망할 새끼. 어디서 감히 먹을 거 하나 사갖고 와서 사람 목숨을 사려고 들어? 공중에 떠 있는 김형관의 금 조각상과 은 조각상의 저 얼빠진 표정을 보는 것만으로도 분을 참지 못하겠다. 카렐은 잠자코 내가 성에 차도록 고래고래 소리를 지르며 오열하기를 기다렸다. 짧지 않은 시간이 필요했다.

나: …그리고, 나는 그 딸기 타르트에 독을 넣었어. 멍청하게 독이 든 딸기 타르트를 먹은 놈은 뒈졌고, 현명하게 독이 든 딸기 타르트를 먹지 않은 놈은 살았지. 누가 먼저 용도폐기가 되느냐를 겨루는 승부에서 승리한 사람은 내가 된 거야. 덕분에 이 한심한 대결의 승리자는 범사위파의 시비가 붙지 않도록 시체를 저수지에 버리기로 했어.

카렐: 깔끔하군요.

나: 그래. 다만 그 자식이 죽어갈 때 네가 미웠다고. 죽으라고 저주했다고 말했어야 했는데, 그렇게 하지 못한 것만이 한이다.

카렐: 그렇다면….

나: 맞아. 아까 질문에 대답하자면, 내가 저수지에 버린 것은 금 시체도, 은 시체도 아니야. 마장동 도끼, 나의 남편의 시

체야.

카렐은 별다른 대꾸도 없이 그저 둥둥 떠있기만 한다. 외계
인에게 있어서는 거짓된 관계라면 가족인 척했던 남자의 시체
를 저수지에 유기하는 일은 그렇게까지 놀랄 일이 아닌 것일
까? 카렐도, 나도 이야기를 멈추자 내 얼굴에 떨어지는 빗방
울의 숫자라도 세어야 할까 싶을 만큼의 긴 정적이 지나갔다.
침묵을 견디지 못한 나머지 먼저 입을 연 사람은 나였다.

나: 나는 정직하게 대답했어. 그렇다고 내가 정직한 사람인
것은 아니야. 살인자에 불과하니까. 그렇잖아. 내가 정직했다
면 이렇게 남편을 독살하지도 않았겠지.
카렐: 선생님이 진술하시는 동안 기록된 뇌파의 파장을 보
니 대부분의 대답이 진실이라고 판정되었습니다.
나: 그렇다고 했잖아. 너한테는 어쩔 수 없이 말하기는 했지
만, 나는 정직하게 남편의 시체를 이 저수지에 버렸다고 다른
사람들에게 말하고 싶지도 않아. 그래서 나는 이대로 이곳을
떠날 거야. 너도 내가 이곳에 시체를 버린 사실에 대해 누구
에게도 말하지 않았으면 해. 그게 내 정직한 대답에 대한 보

상이었으면 좋겠어.

　됐다. 할 말은 다 했다. 이렇게 말했으니 카렐도 내게 금 시
체와 은 시체를 주지는 못할 것이다. 살인자에게 상을 주는
산신령이 어디 있겠나. 비록 이 쇳덩어리 외계인이 상식은 없
어 보이지만, 정직한 나무꾼에게 상을 주는 것처럼 정직한 자
수자에게 상을 줄 정도로 경우가 없어 보이지도 않는다.

　카렐은 느린 속도로 회전하면서 무언가를 고민하는 것 같
다. 그러다 곧 결론을 내렸는지, 파르르 쇳덩어리로 된 몸을
떨며 겉면에 묻은 물방울을 떨쳐낸다. 그리고 방금보다 더 강
한 빛을 뿜어내기 시작했다. 이 망할 외계인이, 주변에 살인자
가 있다고 광고를 할 셈인가?

　"선생님께서 저의 말을 오해하신 것 같습니다. 저는 선생님
이 진술하시는 동안 기록된 뇌파의 파장을 보니 대부분의 대
답이 진실이라고 판정되었다고 했습니다. 대부분의 대답이 진
실이라는 것은 모든 대답이 진실이 아니었다는 이야기입니다.
당신은 온전하게 정직한 사람이 아니십니다."

　"…내가 무슨 거짓말을 했는데?"

　뭐지? 이 쇳덩어리가 도대체 무슨 소리를 하는 거지? 나는

긴장 속에서 카렐이 위협적으로 나올 때를 대비해서 무엇을 할 수 있을지를 고민했다. 내가 이 쇳덩어리를 부셔버리거나 할 수 있을까?

"여쭈셨으니 대답을 드리겠습니다. 이제부터 선생님의 뇌파에서 이상신호가 감지된 부분을 하나하나 짚어볼 터이니, 들어봐 주십시오."

카렐: 선생님께서는 인간이시니 우리 문명의 기술력에 대해 잘 모를 수도 있겠습니다. 그러니까 상세하게 설명을 해드리겠습니다. 행성 크루통은 지구 인류와 그렇게 차별화되는 문명이 아닙니다. 종까지는 아니더라도 목까지는 같다고 할 수 있지요. 선생님께 익숙할 표현으로 말씀을 드리자면 사돈의 팔촌쯤 되는 사이입니다. 저희는 지구 인류 여러분이 발달하는 과정에 크고 작은 도움을 준 적도 있습니다. 다만 필드워크에 할당된 예산이 모자라는 나머지 구형 번역기와 드론을 지급받은 바람에 생소하게 보일 뿐입니다. 그래서 다양한 생체신호와 함께 선생님의 증언을 분석하고 있었음을 밝힙니다.

나: …나는 이 쇳덩어리가 네 몸체인줄 알았는데.

카렐: 그러했습니까? 아닙니다. 이야기를 계속하겠습니다.

나는 카렐의 움직임에 주의하며 잠시 숨을 골랐다. 저게 생명체가 아니라 드론이었다는 말이야? 이상한 말투는 번역기의 문제였을 뿐이고? 카렐은 내가 염려했던 것보다 더, 그보다도 더 인간들에 대해 잘 알고 있는 것일지도 모르겠다.

카렐: 선생님께서 한국에 오신 뒤 갈 곳이 없었던 것은 맞겠지요. 빚에 팔려온 신세였다는 것도 거짓이 아닐 터입니다. 통계상으로도 조직폭력배들 손에 끌려서 술집에 가게 되는 경우가 무시할 수 없을 만큼 기록되었고 말입니다.

나: 조폭들에 대한 필드워크도 했어?

카렐: 그렇습니다. 그러니 조직폭력배의 생리도 알고 있습니다. 보험금을 노린 위장결혼사업에 대해서도 선생님의 증언과 저희 측이 보유한 자료가 상충하는 지점이 없었다는 것을 확인했습니다.

나는 눈동자를 굴려가며 내가 했던 이야기를 반추했다. 그 중에 거짓은 없었다. 그리고 카렐이 이제까지 지적한 부분까지는 전혀 문제가 없었다. 그렇다면 이 녀석이 갖고 있는 의심은 도대체 어떤 부분에 대해서였을까.

카렐: 선생님께서 마장동 도끼 김형관 님과 결혼을 하신 것
도 그 맥락이 맞을 터이겠지요. 그분께서 마장동 범사위파의
말단이셨을지는 짐작하기가 어렵습니다. 커다란 키에 산적 같
은 얼굴을 하고서도 싸움을 못하고 머리가 나쁘다면 조직폭
력배 사회에서 가장 환영받을 인간상이 아닌가요?

나: 총알받이로 환영받을 인간이지.

카렐: 맞습니다. 하지만 같은 총알받이더라도 특급의 총알
받이가 될 터입니다. 더욱이 보스를 아버지마냥 따랐다면 말
입니다. 그런데 저의 의문도 여기에서 출발했습니다. 이렇게
조직을 위해 자신을 희생하기 위해 태어난 것 같은 천성을 가
진 김형관 선생님께서 왜 정작 그 필요성이 요구될 때 자신의
역할을 거절하고 도망치려 했을까요?

욕지기가 치밀어 올랐지만, 담담한 표정을 지으려고 이를
꽉 다문다. 굳이 외계인에게 내 분노까지 전달할 필요는 없으
니까. 카렐은 금속으로 된 몸을 흔들거리면서 다음 이야기를
이어나간다.

카렐: 이 의문에 대한 대답은 어렵지 않게 도출되었습니다. 김형관 선생님께서는 전근대적 가족관으로 세상을 이해하는 이로 보였습니다. 그리고 그 전근대적 가족관의 기준에서 아비보다 아내를 우선하셨다고 하면 의문은 더 이상 의문이지 않습니다.

나: 뭐라고?

카렐: 마장동 도끼는 도망을 칠 필요가 없었음에도 그러기로 하지 않았나요?

나: 그래… 그렇지.

카렐: 선생님을 먼저 죽이기로 결심했다면 도망칠 필요도 없습니다. 그리하면 범사위파도 선생님의 보험금을 상납받기까지 김형관 님을 당장 총알받이로 쓰지는 못할 테니, 최소한 이번 전쟁이 끝날 때까지의 유예기간을 얻는 셈이니까요. 범사위파에게 있어서야 이번에 보험금을 받고 나중에 총알받이로 쓰느냐, 이번에 총알받이로 쓰고 이번에 보험금을 받느냐의 차이밖에 없는 일일 테고요.

나는 마장동 도끼 김형관과 나의 결혼을 떠올렸다. 그 시작은 분명 여기서 누가 먼저 용도폐기가 되느냐를 겨루는 승부에 불과했다. 하지만 이는 어디까지나 초반의 이야기였다. 김형관은 나를 사랑하기 시작했다. 그 멍청한 똘마니는 자신이 출세해서 나 같은, 조선족에 팔려온 여자라도 당당히 살 수 있을 만큼 돈벌이를 하겠다고 호언장담했다.

당연히 이 호언장담을 믿는 사람은 없었다. 하지만 그렇다고 범사위파의 다른 조직원들이 김형관의 호언장담을 믿는 척하지 않기도 어려웠다. 그의 사람됨을 무시하는 일이니까. 그러니 제수나 형수라고 부르면서 그의 비위를 맞추었던 것이고.

카렐: 족발이니 곱창이니 사들고 간 이유도 그 때문이었겠지요. 진정으로 가족으로 여겼고 아꼈으니까요.

나: 아니야. 조직폭력배 사회 특유의 가부장적인 그 뭐시기로 위장 결혼에게 한시적으로나마 어떻게 한 거였어.

카렐: 이렇게 생각하면 선생님께서 김형관 님의 시체를 보험금으로 바꾸지 않고 저수지에 가지고 오신 것도 이해가 됩니다. 신혼여행의 추억이 담겨 있었기 때문이겠지요. 범사위파에서 시체를 숨기기 위해 자주 찾던 곳이라는 것이야 부차

적인 이유였을 테고요. 도시에도 시체를 숨기기에 좋은 장소는 얼마든지 있지 않습니까? 그리고 조직폭력배들 사이에 있던 선생님께서 그 장소들을 모르지도 않았을 터이지 않습니까?

코웃음이 나온다. 내가 남편의 시체를 이 저수지에 버리기로 마음먹은 이유에는 이곳 말고는 한국에서 달리 가본 장소가 많지 않았기 때문이 컸다. 김형관, 그 멍청이가 결국 나를 데리고 함께 왔던 여행지로는 그나마 이곳이 유일했으니까. 남편은 내가 조폭들의 사업에 연루되는 것을 병적으로 싫어했다. 그 덕에 나는 그 밖의 다른 장소를 상상하지도 못했다가 이렇게 외계인과 만나 신상마저 털리는 신세가 되어버렸고.

나: 그래. 내가 그랬다. 나 좋다는 남자인데, 성에 안 차서 죽여버렸다.
카렐: 제가 선생님의 뇌파를 측정하고 있다고 말씀드리지 않았던가요? 측정 자료를 볼 것도 없이 거짓임을 알겠습니다. 김형관 님은 선생님이 쉽게 죽일 수 있는 상대가 아닙니다. 그

분과의 물리적인 힘의 차이 때문이 아닙니다. 범사위파가 여러분을 감시하고 있었기 때문입니다. 조직원들은 선생님보다 김형관 님의 목숨을 우선했을 터이니까요. 그들은 김형관 님을 이제 곧 죽을 총알받이로 만들지 않으려면 선생님이 죽어야 하기에, 또 선생님이 되레 김형관 님을 죽일 생각을 품지 못하게 해야 하기에, 선생님을 노예처럼 감시했겠지요.

그때 김형관이 두들겨 팬 동생들의 숫자는 두 손으로도 세기 어렵다. 형님들이랑 술을 먹다가도 술상을 엎었고. 항상 죽을상을 하고 집에 돌아와서 곳곳에 전화를 하며 고함을 질러 대기를 일삼았다. 겉으로만 아내 취급하는 것이겠지, 싶었던 나에 대한 대우는 거짓이 아니었던 것이다.

이제 와 생각하면 뭐 그리 놀랄 일인가 싶기는 하다만, 그때는 김형관의 이전과는 완전히 달라져버린 태도에 배신감마저 느꼈다. 진즉 그랬으면, 만난 즉시 믿음을 줬다면 처음부터 같이 도망칠 계획을 짰을 텐데. 아니다. 아마 도망치기는 어려웠겠지. 자기가 조직보다 나를 우선할 거라고 상상조차 못 했던 김형관이었으니까. 정말이지 웃긴 놈이다.

나: 그러면, 김형관은 왜 죽었다는 건데?

카렐: 이 전쟁이 계속되면 두 사람은 모두 죽을 운명입니다. 이 운명에서 둘 중 한 명이 죽어 다른 한 사람을 살릴 수 있다면, 그리고 그 죽는 사람이 김형관 님 당신이라면, 자신이 죽을 테니 그 시체를 이곳에 버리라고 아이템을 꺼내신 것이겠지요.

나: 또 필드워크에 할당된 예산이 모자라는 나머지 구형 번역기와 드론을 지급받은 바람에 의사전달에 오류가 있었나 본데, 아이템이 아니라 아이디어겠지. 근데 그런 걸 그 조폭 새끼가 꺼냈다고?

카렐: 그렇습니다. 선생님께서 김형관 님의 보험금을 받아 범사위파에 상납했다가는, 다른 상대와 위장결혼을 진행하게 될 뿐이겠지요. 하지만 이 저수지에 시체를 숨긴 사실이 발각되지 않으면 김형관 님의 행방불명 신고가 진행되어 법적 사망으로 분류되기까지 5년이 걸리니, 다음 위장결혼을 피하기까지의 유예기간이 생기고요.

카렐은 김형관의 시체를 고스란히 본뜬 금조각상을 이리 돌리고 저리 돌리면서 살폈다. 어찌나 잘 만든 조각상인지. 생전의 흉터나 멍이 든 부분까지도 고스란히 다 재현되어 있었다. 이 정도 재현도라면 내장이나 근육 그리고 골격조차도 들어갔을지 모르겠다.

그래. 만약 이 금조각상을 진작 가졌더라면 이런 끔찍한 꼴은 당하지 않았을 거다. 김형관이 어떻게든 금조각상을 처분해서 도피자금을 만들었을 테니까. 하지만 우리에게 재산은 서로 뿐이었다. 처분할 수 있는 것도 서로 뿐이었다.

하지만 카렐이 김형관의 금조각상을 돌려보는 이유는 그런 감상적인 술회를 돕기 위해서가 아니었다. 딱히 인간에 대해 이해는 하지 못한 말투로, 우리가 했던 일들에 대해 담담히 추리를 하기 위함이었다.

카렐: 그래서 바로 몇 시간 전, 총알받이용 조폭과 보험사기용 예비시체 사이에 대결이 있었다고 하지 않으셨습니까? 누가 죽고 누가 살아남느냐를 결정하기 위해 벌인 큰 싸움이라고 하지 않으셨습니까? 하지만 선생님에게서는 별다른 흉터가 보이지 않습니다. 이 김형관 님의 시체 곳곳에 멍이 들어 있는 것과는 다르게 말입니다.

나: 그래. 내가 그릇이랑 이것저것 던졌지.

카렐: 예상한 바입니다. 한쪽이 일방적으로 죽겠다고 하니 다른 한쪽은 어떻게든 그 결심을 말리고 싶었겠지요. 욕설을 하고 고성을 지르면서 물건을 던져서라도요. 하지만 그 싸움도 결국 끝이 날 수밖에 없었겠지요. 김형관 님에게는 비장의 무기가 하나 있었으니까요.

나: 딸기 타르트.

카렐: 그러합니다. 그분은 딸기 타르트를 꺼내며, 둘 중 하나는 죽어야 살 팔자인데, 먹고 죽은 귀신이 때깔도 곱지 않느냐면서 농담을 던지셨겠지요.

나는 다시금 울음을 터뜨리고 말았다. 망할 새끼. 어디서 감히 먹을 거 하나 사 갖고 와서 사람 목숨을 사려고 들어? 지 목숨은 내 건데. 내가 가진 지 목숨을 고작 딸기 타르트 하나로 사려고 들어? 공중에 떠 있는 김형관의 금 조각상과 은 조각상의 저 얼빠진 표정을 보는 것만으로도 분을 참지 못하겠다. 카렐은 이번에는 내가 오열을 그치기를 기다리지 않았다.

카렐: 딸기 타르트에 든 독은 편안하게 죽음을 맞이하도록

넣은 배려겠지요. 사랑으로 독이 든 딸기 타르트를 먹은 자는 죽었고, 죽은 자의 소원을 이뤄주기 위해 딸기 타르트를 먹지 않은 자는 살아남았고요. 그리고 세상에서 가장 사랑했던 이의 시신을 가장 소중했던 시간을 보냈던 장소에 묻어버리기로 했겠지요.

나: 깔끔하군.

카렐: 아닙니다. 김형관 님이 죽어갈 때 네가 미웠다고. 죽으라고 저주했다고 말하면서 처음 만났을 때 그를 오해했던 것에 대해 사과하고 처음부터 사랑하지 못했던 것에 대해 미안하다고 말해주지 못한 것이 한으로 남았으니 깔끔하지는 않습니다.

나: 그렇다면….

카렐: 맞습니다. 선생님께서는 정직한 사람도, 살인자도 아니십니다.

나는 별다른 대꾸도 하지 못하고 그저 눈물만 흘렸다. 쏟아지는 비와 함께 온몸이 젖었다. 카렐도, 나도 이야기를 멈추자 내 얼굴에 떨어지는 빗방울의 숫자라도 세어야 할까 싶을 만큼의 긴 정적이 지나갔다.

결국 침묵을 견디지 못한 나머지 먼저 입을 연 사람은—외계인은, 카렐이었다.

카렐: 선생님께서는 정직하게 대답하지 않으셨습니다. 선생님께서는 부분적으로만 정직하게 말하는 것으로 의도적인 오해를 조장한 거짓말쟁이며 살인자가 아니십니다.

나: 이걸 다 내 뇌파를 조사해서 알아낸 거냐?

카렐: 선생님께서 거짓말을 했을 때의 파장은 단 한 번만 기록되었습니다. 바로 선생님께서 정직한 사람이 아니라 살인자에 불과하다고 한 그 순간 말입니다. 그것만으로도 선생님이 의도적으로 오해를 조장했던 내용을 분석하기란 어렵지 않았습니다.

"선생님에 대한 저의 분석에 오류는 없습니까?"

"나는… 거짓말쟁이 맞아. 너한테 부분적으로만 사실을 말했어."

냉기와 긴장으로 인해 다시금 이가 부딪히며 딱딱 소리가 난다. 거짓말쟁이라. 그렇다. 그 외에 무슨 설명이 가능하겠는가. 카렐은 자신의 분석에서 오류가 없었다는 답변이 기뻤는지 붕붕 떨면서 금속음을 낸다.

"좋아, 카렐… 이제 나를 어떻게 할 거야?"

"어떻게라니, 무슨 말이십니까?"

"죽이지 않을 거야?"

나는 이 외계인이 무슨 생각을 하고 있는지 조심스레 짐작해 보았다. 카렐은 필드워킹을 위한 몇 가지 질문에 정직하고 성실하게 답변을 하면 감사의 마음을 담아 소정의 상품을 주겠다고 했다. 설문조사에 응하지 않으면 죽인다고 했다. 나의 대답이 99퍼센트의 진실과 1퍼센트의 거짓으로 구성되어 있다면, 99퍼센트의 상품과 1퍼센트의 죽음을 줄까?

〈금도끼와 은도끼〉에는 정직한 나무꾼만 나오지 않는다. 정직한 나무꾼이 금도끼와 은도끼를 다 받은 것을 지켜보고, 그를 따라서 부자가 되겠다며 일부러 도끼를 버린 거짓말을 한 못된 나무꾼도 나온다. 그의 심보를 파악한 산신령은 못된 나무꾼에게 벌을 내린다. 내가 받을 벌은 무엇일까?

내가 대놓고 거짓말을 하지 않은 데에는 내 나름 이유가 있었다. 내가 거짓말을 한 것을 알게 되면서 카렐이 화가 난 나머지 이 도시를 불태울까 무서웠으니까 말이다. 나는 혹시나 하는 마음에 방금 카렐이 불렀던 비행접시가 다시 내려오지는 않을까, 하늘을 올려보았다. 다행히 여전히 비구름만이 어두운 새벽하늘을 독점하고 있다.

"원하신다면 해드릴 수는 있습니다."

"고맙네."

카렐은 쇳덩어리 몸체를 살짝 흔든다. 웃는 건가? 농담을 한 건가? 나는 외계인이면서 동화책에 나올 산신령처럼 말하던 이 쇳덩어리에 대한 판단을 달리 해야 했음을 깨달았다. 그러고는 주제에 말도 안 되는 농담 따먹기나 하는 한심한 인류 연구자를 노려보았다.

어떻게 해야 했을까. 어떻게 했어야 이런 상황에 처하지 않았을까. 만약 내가 사랑하는 남편의 시체를 버렸다고 했다면 문제는 간단했을 것이다. 정직하게 처음부터 우리가 함께 했던 추억에 대해 말하기만 하면 되니까. 그랬다면 이렇게 빙 돌아서 나와 남편의 과거를 폭로당하지도 않았을 텐데. 하지만 나는 그러고 싶지 않았다. 김형관이 나를 사랑했던 순간을 외계산신령의 설문조사 따위로 기록하고 싶지도, 뒤틀린 시체의 조각으로 기억하고 싶지도 않았다.

쏟아지는 빗줄기가 느껴지지도 않을 만큼 신경이 날카롭다. 내가 저수지에 버린 것은 금으로도, 은으로도 살 수 없는 나의 남편이다. 그리고 그가 나를 위해서 한 일을 망쳐버리고 싶지 않다. 아니. 안 된다. 그랬다가는 나는 나를 용서하지 못할 것이다. 끔찍하다.

차라리 나의 시체도 저수지에 버려져서 김형관의 시체와 함께 해도 나쁘지는 않은 결말이다. 정직하지 못한 나의 인생에, 남편을 죽음으로 이끈 나의 인생에 그 정도 결말은 과분하기까지 한 처사니까.

"하지만 하지는 않겠습니다. 고작 선생님께서 떨어뜨린 시체는 이 금으로 된 시체입니까, 아니면 이 은으로 된 시체인지에 대한 질문에 대답 한 번 잘못했다고 벌을 내려서는 아니될 터입니다."

"아까는 내가 설문조사에 응하지 않으면 죽인다며?"

"그 건에 대해서도 사죄의 말씀을 드립니다. 필드워크에 할당된 예산이 모자라는 나머지 구형 번역기와 드론을 지급받은 바람에 의사전달에 오류가 있었습니다."

"뭐?"

"제가 말씀드리고 싶었던 것은 선생님이 설문조사에 응하지 않으면 제가 선생님을 죽여서 선생님이 죽는다는 것이 아니라, 저희 교수님이 저를 죽일 기세로 혼을 내신다는 것이었습니다. 오해에 대해 사죄드립니다."

"…뭐?"

"제가 선생님의 '왜 그런 설문을 해야 하지?'라는 질문을, 선생님이 설문조사에 응하셔야 하는 이유에 대해 질문하신 것이 아니라 제가 문헌 조사 과정을 통해 발견한 인류문화권에서 보편적으로 사용되는 설문 방법을 따라야 하는 이유에 대해 질문하신 것으로 오해해서 생긴 오해였습니다."

"내가 대답을 안 하니까 나더러 죽거나 말거나 상관이 없는 거냐며 물었잖아?"

"선생님이 설문조사에 응하시지 않아 제가 교수님에게 죽어도 상관이 없느냐는 의미로 드린 질문이었습니다."

카렐은 쇳덩어리 몸체를 살짝 흔든다. 웃는 게 맞는 것 같다. 나는 어이가 없어서 이 쇳덩어리를 어떻게 박살낼까 고민했다. 카렐은 내 마음을 읽었는지 바로 다음 이야기를 꺼낸다.

"제가 선생님과 진행한 설문조사를 통해 얻은 결론을 정확하게 말씀드리겠습니다. 선생님께서는 정직한 사람도, 살인자도 아니십니다. 선생님은 마장동 도끼 김형관의 아내이자, 그분이 자신의 목숨을 희생시켜가며 살리고 싶어 했을 만큼이나 사랑한 누군가입니다. 제가 알게 된 사실은 오로지 그뿐입니다. 그리고 저는 그것으로 충분합니다."

나는 그만 고개를 숙였다. 지금의 내 눈물은 다른 그 누구에게도 보이고 싶지 않았다. 가장 듣고 싶었던 한마디를 이런 쇳덩어리에게 듣고 싶지도 않았다. 하지만 그렇더라도 나는 그 한마디가 간절했다. 사무치도록 필요했다.

나는 어렵지 않게 보트를 끌고 저수지 한편으로 이동했다. 다음으로는 내 자취가 남아 있지 않은지 주의 깊게 살펴보며 뒷정리했다. 발자국이 걱정되었으나 쏟아지는 비 덕분에 별다르게 흔적이라 할 것은 보이지 않았다.

헛웃음이 나온다. 마장동 도끼 김형관이 보험금을 노린 위장결혼으로 만난 조선족 아내를 사랑하게 된 나머지 죽어버리고는 그 손으로 저수지에 버려졌다는 사실을 알면 다들 얼마나 놀랄까 싶었는데. 아무도 알지 못하게 저지른 일을 외계에서 온 방문자만이 알게 되었다. 사건의 전말을 큰소리로 외쳐가며 하나하나 다 들려주고 말았다. 어딘가 속이 시원하다.

펑!

펑펑펑!

그리고 그 순간, 폭음과 함께 저수지의 밑바닥에서부터 하얀빛을 뿜어내는 금속질의 정육면체 수백 개가 떠올랐다. 카렐이 이제 필드워크를 마치고 행성 크루통으로 돌아가려고 하는 것이다.

나는 개운해진 마음으로 공중을 날고 있는 쇳덩어리들을 바라보았다. 볼링공 정도의 크기의 이 쇳덩어리가 뿜어내는 빛은 저수지만이 아닌 골짜기 너머까지 밝힐 정도였다. 쇳덩어리는 내가 눈이 부신 나머지 손으로 얼굴을 가리니까 밝기를 좀 낮추었다. 그러고는 표면을 진동시켜 소리 냈다. 마치 자동차의 엔진이 사람의 목소리를 흉내 내는 것과도 같은 소리로 말이다.

"선생님."

"뭔데."

"정직하고 성실한 답변에 대해 감사의 인사를 표합니다."

저수지의 밑바닥에서부터 떠오른 하얀빛을 뿜어내는 금속질의 정육면체들이 마지막 인사를 마치고는 구름 위로 솟아올랐다. 그러자 이제까지 산턱을 품고 있던 비구름이 걷히며 새벽하늘의 푸른빛이 내리쬐기 시작했다.

인적이 드문 이른 아침의 저수지라고 하더라도 누가 언제이 근처를 지날지 모르는 노릇이다. 이미 비구름을 뚫고서 수십 개의 우주 드론들이 하늘로 치솟았으니 누가 이곳으로 찾아올지도 모를 상황이니 더더욱 조심해야 한다. 만약 누가 내 모습을 보기라도 했다간, 이 모든 노력이 수포로 돌아가게 될 테니까. 동틀녘이기는 하더라도 가로등 하나 없는 산길이기에 핸드폰을 켰다.

소정의 상품은 편의성을 위해 포장배달로 전달드립니다.

언제 수신되었는지 모를 발신자불명의 문자가 알림으로 떠 있다. 나는 핸드폰을 조작해 문자를 확인했다. 그러고는 험한 길에서 넘어지지 않게 발밑을 볼 생각도 못하고 달려 나갔다.

핸드폰은 바닥에 던져버린 뒤 지면을 박차면서 달렸다. 용달차를 세운 곳까지 달려가서 짐칸 위로 올라갔다. 이 시대착오적인 외계인이 도대체 무슨 일을 저질렀단 말인가? 이 새벽의 대환장쇼가 이렇게 끝이 난다고? 도대체 무슨 소리야? 소정의 상품이라고? 짙푸른 하늘에 조금씩 빛이 차오르지만 지금은 날씨를 신경쓸 때가 아니다.

소정의 상품은 편의성을 위해 포장배달로 전달드립니다.

나는 알림 뒤에 짤려 있던 문자의 내용을 몇 번이고 다시

반추하며 용달차의 화물칸에 올라섰다. 그곳에는 미처 지퍼가 다 닫히지 않은 가방이 있었다. 나는 그 사이로 남편의 얼굴을 바라보았다. 가방 안에 들어있는 김형관은 금으로 된 시체, 은으로 된 시체뿐이 아니었다.

"누님… 여기는 어디입니까? 저는 왜 가방 안에 넣어져 있고… 옆에 이 무식한 상판을 한 조각상 두 개는 또 뭡니까?"

김형관은 얼빠진 목소리로 나에게 질문을 던졌다. 그러게. 이건 또 뭐라고 해야 하나. 나는 카렐이 나에게 보낸 문자의 다음 문장을 떠올리고, 이에 대해 어떻게 설명해야 될지를 고민했다.

정직하고 성실하게 답변을 해주신 것에 대한 감사의 마음을 담아 상품의 파손된 부분에 대한 보수 또한 마쳐 배달하였으니, 보관과 이송 문제에 있어 염려치 마시기를 빕니다. 행성 크루통의 카렐드림. 이라는 문자를 도대체 또 어떻게 설명한다는 말인가?

작가 후기

MCU에 관심이 없는 아내를 집에 남겨놓고 홀로 시내로 가 <샹치: 텐링즈의 전설>을 봤어요. 영화를 한창 재밌게 보는데 당혹스럽게도 양조위가 아내를 그리워하는 표정을 지으면서 옛날을 회상하는 장면에서 눈물이 흘러나오더라고요. 아니, 이게 무슨 주책이람. 아내는 나보다 훨씬 건강하고 재밌게 잘 살고 있고 2시간동안 혼자 영화 보겠다고 따로 나왔을 뿐인데 이게 뭐라고 울어버렸담. 게다가 나는 양조위처럼 잘생기지도 않았고 분위기 남는 사람도 아닌데 여기서 울어봐야 저 얼굴에 비교되어서 더 부끄럽기만 한 거 아닌가. 뭐 그런 다양한 고민과 함께 계속 울었죠. 아내가 건강한 지금이라고 남편 노릇을 제대로 하고 사는 것도 아니면서 뻔뻔하게 눈물을 흘린 뒤에야 새삼 깨달았어요. 아, 내가 이 사람을 정말 좋아하긴 해.

이 소설을 쓰는 순간에도 생각하지 못했던 일인데, 아무래도 제 글 곳곳에 아내가 스며들기 시작하고 있는 것 같아요. 내게 가장 두려운 일이 무엇이고 그 일이 일어났을 때 내가 바라는 일이 무엇일지가 자연스레 들어갔다고나 할까요. 정작 쓰면서는 '하하 외계인이 등장했다! 외계인 최고!'나 '금 시체와 은 시체 갖고 싶다! 팔아서 만화책 사게!' 같이 한심한 감상밖에 없었지만 그렇더라고요.

이 작품을 기획할 때 다른 어떤 것보다도 형식적인 실험 자체에 우선순위를 두었어요. 지금은 약간의 가필이 더해져서 균형이 일그러지기는 했으나, 처음에 글을 썼을 때는 중간점을 경계로 해서 문장 단위로 앞뒤가 대칭되는 구조를 갖고 있었죠. 아마 독자 여러분들도 어렵지 않게 작품이 대칭되는 구조로 설계되었음을 발견하셨을 거라 짐작합니다. 근래 저의 관심사가 작품의 내용보다는 형식이나 구조를 어떻게 시스템적으로 구성할 수 있을까에 쏠려 있었던 탓이겠지요.

　이러한 관심은 작품의 내용과 주제의식이 중요하지 않다고 판단했기 때문은 아니었어요. 그보다는 형식이나 구조가 안정적으로 구성되면 자연스레 제가 생각하는 내용이 담기게 되리라고 계산했기에, 제가 의식적으로 주제를 잡지 않아도 감각적으로 이야기가 형성될 것이라고 판단했던 거죠. 그리고 너의 무의식적인 고민은 아내와의 관계다, 잘 좀 하고 살아라, 라고 작품이 대답해준 것 같습니다. 마치 양조위의 처연한 표정을 보고 실없이 울어버렸던 그 순간처럼 조금 부끄럽기는 합니다만, 그래도 작품이 그렇게 대답했으니 그런 줄 알고 아내한테 좀 더 잘해보도록 하겠습니다.

서울 도시철도의
수호자들
― 이경희

1

"한나 씨, 이번이 벌써 몇 번째죠?"

"음, 다섯… 번째일까요?"

"열일곱 번째거든요?"

고객서비스 팀장의 언성이 높아졌다. 딱, 딱, 딱, 볼펜 끝이 상담실 테이블을 두드릴 때마다 긴장이 점점 고조되었다. 매섭게 노려보는 시선에 뺨이 화끈거렸다. 한나는 관자놀이 부근을 긁으며 슬며시 시선을 피했다.

"근데요. 이번 고객님은 진짜…."

"아직도 변명할 거리가 남았어요? 입사 한 달 만에 민원 열일곱 건이나 받은 사람 한나 씨가 처음이거든요? 아주 압도적으로 1위야. 2등은 한 건이거든."

"아니 그게…."

콱.

내려찍은 볼펜이 부러졌다. 한나는 결국 항복을 선언했다.

"죄송합니다, 팀장님."

"사과는 고객님한테 하시고요."

"네에…."

"진짜 나도 미치겠다. 이러다 내가 먼저 사표 쓰겠어."

억울했다. 솔직히 그 영감탱이가 잘못한 거잖아. 전철 다 타고 내린 다음에 다짜고짜 표를 환불하라니 그게 말이 돼? 애당초 무임이라 돈도 안 내고 탔으면서 환불은 무슨 환불이야. 여자랑은 말이 안 통한다 그래서 말상대 안 해준 게 잘못이야? 그리고 그 인간, 수진 씨한테 물건도 집어던졌잖아. 그건 폭행 아닌가? 왜 사과는 우리만 해? 염병, 이런 식인 줄 알았으면 첨부터 이딴 회사 지원하지도 않았지. 아니이, 내가 백 마디를 참아도 더 참았는데 '나잇값 좀 하세요, 이 노친네야.' 딱 한마디 했다고 치사하게 국민신문고에 민원을….

"한나 씨, 내 말 듣고 있어요?"

팀장이 눈앞에 손바닥을 흔들었다.

"예? 예. …니요. 잘 못 들었습니다."

"예니요는 대체 어느 나라 말이야?"

팀장이 크게 한숨을 쉬었다.

"요한나 씨. 저는요. 더는 한나 씨랑 같이 일 못 하겠거든요? 근데 한나 씨를 다른 데 보낼 방법이 없어. 인사 규정상 입사 1년 동안은 다른 직무로 재배치하면 안 되거든."

"네에…."

"그래서 말인데."

팀장이 서류 한 장을 내밀었다. 꼼꼼하게 정리된 프로필 자료에 나이가 지긋한 노인의 사진이 붙어 있었다. 이명현. 82세.

"한나 씨는 앞으로 아무 일도 하지 말고 이 사람만 맡아요. 그래줄 수 있죠?"

"이 분이 누구신데요?"

"민원인."

한나는 눈가를 찌푸리며 되물었다.

"또 민원인 상대를 하라고요?"

"이 사람은 좀 달라요. 특급 민원인이거든."

"특급이요?"

"응. 퇴직한 우리 선배님인데, 아주 대단하신 분이야. 이명현 씨 이름으로 접수된 민원이 지금까지 3만 6천 건. 지금도 하루 평균 열 건씩 10년 동안 쉬지도 않고 들어오고 있어요. 직원들 서 있는 위치부터 안내 표지 디자인까지 조금만 마음에 안 들면 곧바로 지적이 날아와. 이거 고쳐 놔라, 저거 고쳐 놔라, 그중에 하나라도 제대로 처리 못하면 아주 난리가 나고. 일주일에 세 번씩 열차 타고 순회를 도는데 사장님도 그렇겐 못하겠더라. 자기가 막 나서서 길 안내를 해. 호루라기 불면서 잡상인도 내쫓고. 저번에 탈선 사고 났을 땐 멋대로 고객 대피도 시켰다니까."

"그래도 되는 거예요?"

"당연히 안 되지."

"근데 왜 10년 동안이나…"

"우리는 뭐 참고 싶어서 참았나."

팀장이 분통을 터뜨렸다.

"한번은 민원 접수 거부했더니 본사 사무실까지 찾아와서 난동부리더라고. 당연히 우리도 굳게 마음먹고 끝까지 버텼지. 그랬더니 어떻게 됐게요? 사장님 집 앞에 가서 드러누워버렸어. 사장님이 검토해보겠다 한마디 할 때까지 현관문 앞에서 꼼짝을 안했대. 위에서 행복해버렸으니. 밑에선 꼼짝 없이 들어줘야지 뭐."

"사장님도 너무하셨네요."

"사장님이 끝까지 버틴 적도 있긴 해. 도저히 들어줄 수 없는 요구사항이어서. 그랬더니 시청으로 가더라고. 시장이 안 만나주니까 그 다음엔 청와대 앞에 가서 드러눕고. 대체 누굴 어떻게 구워삶았는지 정책실장한테 직접 전화가 왔어요. 제발 이명현 씨 민원 좀 검토해보라고. 위에서 검토하라는 말은 뭐다?"

팀장과 한나는 동시에 한숨을 쉬었다.

"한나 씨, 우리 진짜 할만큼 했어. 근데 정말 답이 없더라. 그래서 한나 씨한테 도박을 걸어보려고. 솔직히 한나 씨도 보통은 아니잖아? 그러니까 한번 한나 씨 하고 싶은 대로 마음껏 부딪쳐봐. 싸우고 싶으면 싸우고, 구슬리고 싶으면 구슬려보고. 진짜 절대 터치 안할 테니까."

한나는 머리를 긁적이며 난처한 표정을 지었다.

"팀장님, 아무리 그래도 민원인 상대하는 업무는 좀…."

"이거 하면 추가 수당 있어. 을종위험수당 플러스 특별업무수당. 합해서 십오만 원. 필요한 권한도 전부 줄게."

"하겠습니다. 맡겨만 주세요."

팀장은 고개를 끄덕이며 마지막으로 한마디 덧붙였다.

"대신 책임도 한나 씨가 전부 지는 거다?"

2

출근하자마자 퇴근하고 싶어졌다. 아니, 출근하기 전부터 퇴근하고 싶었다. 아침에 눈을 뜨자마자, 실은 어젯밤 침대에 누울 때부터 왠지 퇴근이 하고 싶었다.

그냥 빨리 퇴근하고 싶었다.

어떻게든 좋은 직장에 들어가기만 하면 소소하게나마 나만의 행복을 찾을 줄 알았는데 석 달 동안 즐거웠던 기억이라곤 고작 퇴근하는 것뿐이라니. 어려운 시험 겨우 뚫고 입사했더니 이게 대체 뭐람. 희망 부서 조사에 '고객 서비스'를 체크한 과거의 자신이 원망스러웠다. '안전 관리'나 '영업 마케팅'보단 이쪽이 나을 것 같았는데 어쩐지 아무도 지원을 안 하더라니. 동기들은 이미 알음알음 눈치채고 있었던 모양이었다.

아무리 그래도 그렇지. 특급 민원인 전담? 이건 그냥 나가라는 소리잖아.

갑자기 후회가 파도처럼 몰려왔다. 미쳤지, 미쳤어. 내가 왜 그걸 한다 그랬지? 어차피 사표 내려고 재킷에 봉투도 넣고 다녔으면서 뭐 하러 사서 고생을 하겠다고….

눈물이 날 것 같았다. 한나는 고개를 좌우로 붕붕 흔들며 겨우 감정을 가라앉혔다.

아, 몰라. 그냥 해. 누가 죽나 한번 끝까지 가보자고.

기왕 그만두는 거 제대로 들이받기라도 해야 속이 시원할 것 같았다. 한나는 단단히 각오를 다지며 역무실로 들어섰다. 본사 IT팀의 빅데이터 분석에 따르면 오늘 '그분'이 출현할 가능성이 가장 높다고 예측된 소속역이었다. 한나는 꾸벅 고개 숙여 인사했다.

"안녕하십니까. 특수민원 담당 요한나 주임입니다."

각자 자리에 앉아있던 직원들이 우르르 몰려와 순식간에 한나의 주위를 둘러쌌다. 마치 재앙 속에서 구세주를 만나기라도 한 것처럼.

직원 하나가 기도하며 다가와 정수리에 하얀 소금과 성수를 뿌려주었다. 그 옆에선 향을 피워 연기를 날리고 있었고. 어디서 구해 온 건지 용한 부적이라며 꾸깃꾸깃한 종이를 주머니에 찔러주는 나이든 직원도 있었다.

"여, 여러분 이러실 것 까진…."

"아니에요. 이걸로도 한참 부족한걸요."

부적을 넣어준 직원이 한나의 손을 꼬옥 잡았다.

"힘들어도 마음 단단히 먹고, 응?"

등 뒤에서 누군가 울먹이는 소리가 들렸다.

"진짜 어떡해…."

"어휴, 젊은 친구 불쌍해서…."

"힘내요. 부디 무사하길…."

모두가 진심어린 위로의 말들을 건네주었지만, 대신 나서겠다는 사람은 한 명도 없었다. 그야 그렇겠지. 이미 다들 산전수전 충분히 겪어본 베테랑일 테니까. 살아남은 자에게는 그만한 이유가 있는 법이었다.

자신의 운명을 받아들인 한나는 말없이 고개를 끄덕였다. 직원 한 명이 종이컵에 얼음을 띄운 믹스커피를 가져다주었다. 한나는 커피로 속을 다스리며 차분히 결전의 순간을 기다렸다. 지루한 기다림의 시간. 침묵으로 꽉 찬 사무실에 긴장이 흘렀다.

"어, 이명현 떴다."

창구에 앉은 직원이 손가락으로 위를 가리켰다. 사무실 천장에 설치된 붉은색 꼬마전구가 소리 없이 깜빡이고 있었다.

모두의 이목이 한나에게 집중되었다. 도살장에 끌려가는 소도 이토록 동정 받진 못하리라. 한나는 씩씩하게 자리에서

152

일어나며 물었다.

"어디로 가면 되죠?"

그러자 열차정보 시스템을 확인한 직원이 답했다.

"상행 승강장. 7호차 2번 출입문. 3분 뒤 도착이에요."

한나는 서둘러 승강장으로 내려갔다. 잠시 후 열차가 도착한다는 안내방송이 들렸다. 출입문 앞에서 크게 호흡을 가다듬고 넥타이를 고쳐 맬 즈음, 열차가 멈추고 스크린도어가 열렸다.

"어허, 내린 다음에 타세요! 내린 다음에!"

전동차에서 노인 한 명이 쩌렁쩌렁 소리치며 걸어 나왔다. 노인은 조금의 흐트러짐도 없이 꼿꼿이 등을 세운 정자세였다. 시커먼 선글라스와 새빨간 해병대 팔각모. 평생을 그슬린 듯한 가무잡잡한 피부. 닳고 닳은 옛날 군복. 가슴께엔 체인으로 매달아둔 금빛 호루라기와 '국가유공자'라고 쓰인 빨간색 명찰. 태극무늬가 그려진 금빛 훈장과 무재해 마크가 그려진 노란색 완장. 온몸에서 꼬장꼬장한 기운이 뿜어 나왔다.

"선생님, 안녕하십니까! 신입사원 요한나 인사드립니다!"

한나는 노인을 향해 힘차게 인사했다. 팀장에게 전해들은 첫 번째 조언. 무조건 승강장까지 마중 가서 인사할 것. 첫 단

추를 제대로 끼우지 못하면 하루 종일 힘들어진다고 했다.

인사를 받은 노인은 흡족한 표정으로 시커먼 손바닥을 내밀었다.

"덕천 이씨 충양공파 31대손 해병대 204기 월남 참전 국가유공자 이명현이올씨다!"

인사말 한마디로 이렇게 숨이 턱 막히게 할 수 있다니.

한나는 조심스레 노인의 손을 마주잡았다. 꽉 붙잡힌 손바닥에 젖은 땀이 끈적하게 들러붙었다. 끄억. 노인이 크게 트림했다. 밤새 술이라도 들이킨 건지, 묵은 막걸리 냄새가 홀아비 냄새와 뒤섞여 날카롭게 코를 찔렀다. 한나는 숨을 참았다.

"그럼 가볼까?"

명현은 모자를 고쳐 쓰더니 앞장서서 출발했다. 한나는 두 번째 조언을 떠올렸다. 미리 행선지를 파악해 소속에서 대비할 수 있도록 전달할 것. 노인의 뒤를 조심스럽게 따르며 한나는 작게 속삭이듯 물었다.

"선생님, 그런데 어디로…."

"순찰!"

순찰이라곤 했지만 그저 정처없이 열차를 갈아타며 여기저기 떠돌 뿐이었다. 명현 노인은 꼿꼿이 허리를 편 자세로 1호차부터 끝 호차까지 뚜벅뚜벅 걸으며 간섭할 수 있는 모든 일에 간섭했다. 할머니의 무거운 짐을 선반 위에 올려주거나, 호루라기를 불어 잡상인을 내쫓는다거나, 노약자석에 앉은 젊은이를 구박한다거나.

그러거나 말거나, 사람들은 각자 스마트폰에 시선을 고정한 채 거북이처럼 굽은 목을 늘어뜨리고 있었다.

"여기 노선도 인쇄 새로 해야 쓰겠다. 환승역 태극색이 옅어졌어."

명현 노인이 접이식 지시봉을 펼치며 지적했다. 세 번째 조언. 지적받은 내용은 무조건 수첩에 메모할 것. 그것도 반드시 종이에 손 글씨로. 한나는 연신 고개를 끄덕이며 수첩에 글씨를 끄적였다.

"허어, 글씨가 왜 그 모양이야. 아주 개발새발 지렁이가 기어가는구먼."

"손 글씨 쓸 일이 별로 없어서요. 걱정 마세요. 저는 다 알아봐요."

"쯧쯧, 서마터폰인가 그게 요즘 애들 다 배려놨… 어이, 거기!"

명현 노인이 이번엔 임산부석에 앉은 중년남자에게 다가가 발을 툭툭 찼다.

"자네가 여길 왜 앉아? 임신했어? 의자에 핑구색 안 보이는 감?"

"영감님이 뭔 상관이신데요?"

"이거 안 보이나? 나 안전 지킴이여 안전 지킴이."

명현이 손가락으로 자신의 완장을 가리켰다.

"안전 지킴이는 무슨, 다 늙어빠져 가지고. 누구 지켜줄 기운은 있으시고? 놀러 다니면서 세금이나 빼먹는 주제에."

명현의 얼굴이 순식간에 붉으락푸르락 물들었다. 그가 상대의 얼굴을 거칠게 삿대질하며 호통치기 시작했다.

"이이 못 배워 처먹은 놈이! 당장 안 일어나?"

남자가 벌떡 일어나 두 눈을 부릅뜨며 노려보았다. 남자는 명현보다 머리 하나는 더 키가 커 보였다. 하지만 명현은 조금도 기세가 밀리지 않았다.

"이놈이 지 잘못이 뭔 줄도 모르고 으른한테 싸가지 없게 주둥이를 놀려? 여기 동방예의지국이여 동방예의지국!"

"아침부터 별…."

남자가 명현을 위아래로 훑어보더니 자리를 피했다.

"하여튼 요즘 젊은 것들은 눈깔이나 부릅뜰 줄 알지 아주 존경이라곤 눈꼽만치도 모른다니까! 니들이 전철 타고 편히 다니는 것이 다 누구 덕인데. 고마운 줄을 몰라, 고마운 줄을!"

명현은 남자가 들으라는 듯 큰 소리로 혼잣말을 뱉었다. 타박은 남자가 기차를 내릴 때까지 이어졌다. 남자가 다음 정거장에서 내리자 명현은 한참 떨어진 곳에 조용히 서 있던 여성에게 걸어가 말했다.

"애기 엄마 저어기 앉아서 편히 가."

자세히 보니 임산부였다. 여성이 자리에 앉는 모습을 흐뭇한 표정으로 지켜본 명현은 다시 꼿꼿한 자세로 걸음을 옮기기 시작했다.

그래도 임산부 챙길 줄은 아네? 조금 의외였다. 완전 이상한 사람이라고 사방에서 하도 겁을 줘서 걱정했는데, 그냥 좀 깐깐하다 뿐이지 본성이 나쁜 사람은 아닌 것 같았다.

한 번이라도 선을 넘으면 바로 들이받을 작정이었는데. 다른 민원인하고는 그렇게 죽이 맞질 않더니, 아예 이상한 사람하곤 오히려 코드가 맞는 걸까? 아니면 그저 처음에 인사를 잘했기 때문인 걸까.

"그나저나, 신입은 어찌 생각하는가?"

갑자기 명현 노인이 물었다. 뒤따라 걷고 있던 한나는 깜짝 놀라 몸을 움츠렸다.

"네? 어떤 거 말씀이신지…."

"전철 이거 몇 푼 하는 것이라고, 다리 불편한 어르신들 무료로 전철 좀 타는 거 갖고 무슨 나라에 손해가 난다느니 형평이 어떻다느니 세금이 빈다느니 말여. 이깟 게 뭐시라고."

"아, 네에…."

"지들은 어디 안 늙는가? 우리 노인들이 뭐 대단한 걸 바랐나 말이야. 그저 존중. 대한민국 경제 이만큼 발전시킨 것에 존중의 의미로다가 나라에서 약소하게 혜택 좀 받는 것인데, 그게 뭐가 그리 아니꼬와가지고 말이여…."

한나가 답이 없자 명현은 재촉하듯 물었다.

"내 말이 틀렸는가?"

"그, 그쵸… 당연히 해드려야 되는 거죠. 그게 맞는 거 같습니다."

"맞는 거 같긴 뭐가!"

노인이 갑자기 호통쳤다. 어찌나 목청이 좋은지 귀가 아플 정도였다.

"맞으면 맞다. 아니면 아니다. 똑띠 말을 해야지. 같은 게 뭐여. 같은 게."

"선생님 말씀이 맞습니다. 맞아요. 암요."

"허어…"

우이씨, 코드 맞는다는 말 취소. 일일이 맞춰주기 진짜 힘드네. 한나는 얼굴에 튄 침을 소매로 닦으며 어서 하루가 끝나기만을 속으로 기도했다.

"우리 노인들이 사실은 다 참아주고 있는 것이여. 우리가 들고 일어서면 세상이 우찌되는지 아는가? 바로…"

그 순간, 갑자기 타고 있던 열차가 크게 흔들리며 제자리에 멈춰 섰다.

지진이 일어난 모양이었다. 차량에 전력이 끊어져 사방이 어두워졌다. 여기저기서 스마트폰 불빛만 번쩍거렸다. 겁에 질린 사람들이 플래시로 서로를 비추며 혼란스럽게 웅성거리기 시작했다.

"어, 유튜브에 사고 얘기 나온다."

한 사람이 중얼거리자 사람들이 하나둘 스마트폰으로 영상을 검색하기 시작했다. 라이브 방송이 열린 모양이었다. 한나는 슬쩍 옆 사람의 화면을 훔쳐보았다. 누군가 기묘한 태극

문양이 그려진 스튜디오에 앉아 연극하듯 소리치고 있었다.

　–여러분! 6호선에 사람들이 갇혔습니다! 대체 청와대는 뭘 하고 있는 겁니까? 열차에 타고 계신 여러분 절대 아무 말도 믿지 마세요! 거기 가만히 갇혀 있다간 전부 죽습니다! 빨리 밖으로 탈출해야 합니다!

　패닉에 빠진 한 무리의 사람들이 주위를 거칠게 밀치며 좀비처럼 우르르 문으로 몰려갔다. 그들은 문짝을 발로 차고 팔꿈치로 유리를 부수려했다. 그중 몇몇은 기이할 정도로 흥분해 허옇게 눈을 까뒤집고 문에 달려들었다. 출입문이 박살나기 일보 직전이었다.

　그 순간, 명현이 우렁차게 외쳤다.

　"모두 침착하시오! 차 안은 100퍼센트 안전합니다! 허둥대면 더 위험해요. 거기! 절대 문 열지 마세요. 밖으로 나가면 안 됩니다!"

　고막이 쓰릴 정도로 쩌렁쩌렁한 목소리였다. 사방이 깜깜한 상황인데도 명현은 능숙하게 호차를 옮겨 다니며 사람들을 진정시켰다. 한나도 살짝 긴장한 표정으로 노인의 뒤를 따르며 그를 도왔다. 빠르게 한 바퀴 돌고 나니 사람들이 조금 진정되는 듯했다. 한 박자 늦게 기관사의 안내 방송이 나왔다.

-고객 여러분, 본 열차는 방금 전 일어난 지진 영향으로 잠시 정차중입니다. 전력이 회복될 때까지 모두 자리에서 침착하게 기다려주시기 바랍니다.

그제야 승객들이 다시 자리에 앉았다. 몇 분 지나지 않아 다시 불이 켜졌다. 아무 일 없었다는 듯 열차가 운행을 재개했다. 사람들의 표정도 평상시로 돌아왔다.

하지만 명현 노인의 얼굴은 여전히 심각했다. 선글라스로 반쯤 가려진 얼굴인데도 긴장이 가득한 것이 느껴졌다.

"선생님, 괜찮으세요?"

한나가 조심스레 물었다.

"괜찮다. 신입은 괜찮은가?"

"네, 괜찮아요. 별일도 아니었는걸요."

"별일 아니라고?"

명현이 여전히 굳은 얼굴로 되물었다.

"이걸 보고도 그런 말이 나오는가?"

대체 언제 주운 걸까. 명현의 손에는 태극무늬가 그려진 음료수 캔이 쥐어져 있었다.

"뺍시 콜라요?"

"그래. 이게 바닥에 버려져 있었다."

"죄송해요. 제가 먼저 발견해서 주웠어야…."

한나가 손을 뻗어 쓰레기를 대신 챙기려 했다. 그러자 명현이 황급히 손을 피하며 한나를 밀쳤다. 한나는 균형을 잃고 바닥에 쓰러졌다.

"이, 이, 이게 뭐 하는 짓이냐! 그 손 썩 치우지 못해!"

"아니, 제가 뭘 했다고 그러세요?"

고개를 들자 명현이 진한 눈썹을 부라리며 연신 씩씩대고 있었다. 깜짝 놀란 사람들의 시선이 그들에게 일제히 집중되었다.

뭐야. 지금 나 밀친 거야? 이제야 진짜 싸움 시작인가? 한 판 붙을 준비해야 하나? 한나는 각오를 다지며 벌떡 몸을 일으켰다. 하지만 명현 노인은 한나를 내버려둔 채 휙 몸을 돌려 출입문으로 향했다.

"…아무래도 시청 역에 가봐야 쓰겠다."

뭐냐고 진짜.

한나는 한숨을 쉬며 명현의 뒤를 따랐다.

3

–지진으로 5분간 열차 정차. 특이사항 없었음.

−순찰 재개. 20분 뒤 시청역 도착 예정.

팀장에게 문자 메시지를 전송한 한나는 명현을 뒤쫓아 서둘러 열차에 올랐다. 동대문역사문화공원 역으로 향하는 4호선 열차였다. 거기서 2호선으로 갈아타고 시청 역으로 향할 셈인 모양이었다. 명현은 환승 경로를 전부 외우고 있기라도 한듯, 정확히 최단 거리로 계단을 이동해 금세 다음 장소에 도달했다. 걸음이 어찌나 빠른지 뒤따르는 것만으로도 숨이 찼다. 뭘 물어볼 틈도 없었다. 이럴 거면 단화 대신 운동화 신고 오는 건데. 그나마 바지를 입고 있어서 다행이었다.

시청역에 가까워질 즈음, 명현이 갑자기 질문을 던졌다.

"신입은 '지신밟기'에 대해 아는 바가 있는가?"

한나는 퉁명스레 대꾸했다.

"아뇨."

"그럼 '땅 밟기'는 들어봤어?"

"교회 다니는 사람들이 하는 거 아녜요?"

명현 노인이 쯧쯧 혀를 찼다.

"요즘 젊은 것들은 대체 어디서 뭘 배우고 다니는 건지. 평생 철도밥 먹고 살 생각이면 지금이라도 꼭 알아둬. 땅을 밟는 것에는 신통한 힘이 있다. 사람들이 밟아 누르는 것만으로도 노여운 신(神)을 달래고 부정한 기운을 억누르는 효과가 나타난다 이 말이야."

"와. 그렇구나."

방금 전 일로 마음이 상한 한나는 시큰둥한 대꾸를 던지곤 입을 다물었다. 그러거나 말거나 명현 노인은 열차 바닥을 꾹꾹 밟으며 설명을 이어갔다.

"요 철도라는 건 말이다. 거대한 지신밟기여. 하루 7백만 명이 사방팔방 돌아댕기면서 땅을 꾹꾹 밟아주는 행위란 말이여. 그런 철도가 멈춘다? 그럼 한양 땅이 우찌 되겠는가? 신입이 자네는 막중한 일을 하고 있는 것이야. 제발 정신 똑띠 차리라!"

"네에…."

"그리고, 앞으로 요런 게 보이면 절대 만지지 말고 무조건 나한테 이야기 혀."

명현이 콜라 캔을 눈앞에 들이밀었다.

"근데 선생님, 그 캔이 뭔지 여쭤도 될까요?"

"이눔아. 열차가 멈춘 게 다 이것 때문이여."

"에이, 무슨 말씀이세요. 아깐 지진 때문에 멈췄잖아요."

"이이이. 못 배워 가지곤 써먹을 데가 없어."

명헌이 혀를 차며 손가락으로 한나의 미간을 가리켰다.

"봐라, 그게 지진이었음 왜 문자가 안 왔는고?"

"문자요?"

"재난 문자 말이다. 하루에 수십 번 삑삑대는 그거."

"그건…"

"빨랑 따라오기나 혀! 더 큰 사달 나기 전에!"

명현은 그렇게 말하며 성큼 걸음을 재촉했다. 콜라 캔이 사고 원인이라니, 미친 거 아니야? 자신이 대체 무슨 일을 하고 있는 건지 점점 더 알 수가 없었다. 점입가경으로 뻗어나가는 헛소리에 이제는 받아치고 싶은 마음조차 사라졌다. 그냥 빨리 퇴근하고 싶었다. 하지만 퇴근까진 아직도 네 시간이나 남았다. 시간은 왜 이리 더디게만 흐르는지, 팀장의 제안을 수락한 어제의 자신이 원망스럽기만 했다.

"다 왔다."

"선생님, 여기는 왜…"

한나는 턱까지 차오른 숨을 고르며 물었다.

"만날 사람이 있어."

주위를 둘러보았다. 눈에 띄는 사람은 딱 한 명 뿐이었다. 시청역 1번 출구와 7번 출구 사이, 1호선과 2호선이 교차하는 자리에 할머니가 좌판을 깔고 김밥과 백설기 떡을 팔고 있었다. 한나는 할머니 쪽을 손가락으로 가리켰다.

"설마, 저 분이에요?"

"그래. 서울에서 신통하기로 제일인 선녀 누님이시다."

"선녀요?"

"오해 말어. 이름이 선녀여. 박선녀."

선녀는 태극무늬가 크게 그려진 색동 한복을 곱게 차려입고 앉아 있었다. 김밥 장사에는 아무 관심이 없다는 듯 스마트폰만 뚫어져라 바라보는 것이, 마치 화면 속으로 혼이 빨려 들어가 버릴 것만 같았다.

명현이 선녀 앞으로 다가가 모자를 벗고 인사했다.

"누님, 잘 지내셨습니까?"

"어어, 우리 명현이 왔는가?"

선녀가 황급히 휴대폰을 치마폭 밑으로 집어넣었다.

"헤헤, 왔습니다. 누님도 저 보고 싶으셨죠?"

"보고 싶긴 무슨, 어제도 봤음서…."

선녀가 퉁명스런 말을 툭툭 쏘았다. 하지만 명현은 쑥스러운 듯 해실거리며 뒤통수를 매만질 뿐이었다. 방금 전과는 전혀 다른 부드러운 말투와 표정이었다. 이 분위기 대체 뭔데?

딱히 끼어들 필요성을 못 느낀 한나는 조용히 두 사람의 대화를 지켜보기로 했다.

"온 김에 김밥이나 팔아줘."

"아, 예예."

명현은 주섬주섬 주머니에서 오천 원을 꺼내 김밥 세 줄을 산 다음, 한나에게 전부 건넸다. 한나는 찝찝한 표정으로 조심스럽게 하나씩 가방에 집어넣었다.

"동생도 그거 느꼈는가?"

"예, 누님. 오늘 기운이 심상치가 않습니다."

명현은 그렇게 말하며 손에 들고 있던 콜라 캔을 선녀에게 건넸다. 선녀는 받은 캔을 이리저리 돌려가며 심각한 표정으로 살폈다.

"혹시 방향이 감지되십니까?"

"남쪽으로 멀지 않은 곳이다."

"남쪽이라 하시면?"

"떡도 좀 팔아줘."

명현은 주머니를 탈탈 털어 백설기도 마저 구입했다. 한나의 가방이 한층 묵직해졌다.

선녀가 지긋이 눈을 감으며 중얼거렸다.

"서울 역, 아니 용산 역인가…."

"원인은 혹시 짐작이 가십니까?"

"흐음…."

선녀는 말을 아꼈다.

"고것은 신령님 말씀을 보기 전엔 알기 어렵겠구나."

"그럼 오랜만에 점 한번 부탁 좀 드립시다."

선녀는 묵묵부답이었다.

"누님?"

"예끼, 이놈아! 복채를 내야 신령님을 보든가 말든가 할 거
아니냐."

"아, 예예. 복채 말이지요."

명현이 휙 고개를 돌려 한나를 바라보았다.

"자네 돈 좀 있는가?"

"네?"

"내가 마침 돈이 딱 떨어져서."

"아니이, 지금 선생님 점 보시는데 저보고 돈을 내라고요?"

"이놈아! 지금 심각한 위기 상황이란 말여! 아까 전철 멈춰
선 거 봤어 안 봤어?"

그거랑 이거랑 무슨 상관이냐고요. 이 사람들 자기들끼리

대체 뭔 소릴 하는 거야. 이 사기꾼들 지금 나한테 돈 뜯어내려고 수작 부리는 거 아냐?

"무슨 일인지 저한테도 설명을 해주셔야죠."

"지금 그럴 시간이 어딨나! 거 빨리 좀 내놔 봐!"

명현이 재촉하듯 손바닥을 내밀었다. 내가 진짜 사표 쓴다. 한나는 속으로 투덜거리며 가방에서 지갑을 꺼냈다.

"분명히 말씀드리는데, 이거 빌려드리는 거예요. 아시겠죠?"

"그러엄! 내가 돈 떼먹을 사람으로 보이나?"

"얼마나 드리면 되는 데요?"

그러자 선녀가 손가락을 펼치며 끼어들었다.

"삼십만 원."

"네?"

"안 돼? 그럼 십오만 원."

지갑을 펼치자 오만 원짜리 석 장이 보였다. 나도 이게 전 재산인데. 한나는 울상을 지으며 지폐를 꺼냈다. 하지만 선녀는 한나의 손을 밀어내며 거부했다.

"에잉, 현금 말고."

"그럼요?"

"꾸글인가 그걸로 충전해줘."

"모바일 결제 포인트 말씀이세요?"

"어어, 내가 급하게 뽑기를 좀 돌려야 혀서."

"뽑기요? 무슨 뽑기요?"

"대충 그런 게 있어."

선녀가 치마폭에서 스마트폰을 꺼내 만지작거렸다. 휴대폰을 움켜 쥔 두 손이 파르르 떨리고 있었다.

"선녀님, 혹시 게임 같은 거 하세요?"

"어어, 그게…."

선녀는 얼굴을 빨갛게 물들이며 홱 고개를 돌렸다.

"그 뭐시야 뻬, 뻬그오라고… 그런 게 있어. 우리 업계 사람들 나오는 께임인디…."

이게 뭔 육군 병장 써든어택 하는 소리람? 진짜 가지가지다. 한나는 한숨을 쉬며 다시 한 번 상황을 정리했다.

"그러니까, 지금 모바일 게임 뽑기 돌릴 포인트가 필요하다 이 말씀이시죠? 와."

"이, 이게 따지고 보믄 우리 경쟁 상대기도 하니깐, 그짝이 장사를 우찌 그리 잘하는가 긴히 알아볼 필요두 좀 있구…."

선녀는 여전히 쑥스러운지 휴대폰을 만지작대며 이유를 덧붙이고 있었다.

"빼기오고 뭐시고 누님이 고걸로 달라 하시잖여! 있어, 없어?"

명현이 재촉했다. 한나는 한숨을 쉬며 답했다.

"잠시만 기다리세요."

한나는 근처에 보이는 편의점에서 포인트 카드를 구입해 선녀에게 건넸다.

"이거면 되죠?"

선녀는 흡족한 미소를 지으며 연신 고개를 끄덕였다.

"좋다. 그럼 간만에 신령님 한번 모셔 볼까나?"

선녀는 심호흡을 하더니 곧장 스마트폰을 켰다. 모신다는 게 그쪽 신령님이었냐고! 한나는 울분을 억누르기 위해 퍽퍽 주먹으로 가슴을 때렸다. 그러거나 말거나, 선녀는 캐릭터 10연속 뽑기 버튼을 눌렀다.

스마트폰 화면이 화려하게 번쩍이며 뽑기 화면이 돌아갔다. 순식간에 피 같은 15만 포인트가 허공에 뿌려졌다. 선녀가 이마를 짚으며 전자담배를 꺼내 물었다. 세상 잃은 표정을 보아하니 전부 꽝인 모양이었다.

"에이잉, 망할 놈의 께임. 우찌 하나도 되는 게 없누. 이거 순

사기 아녀?"

"누님, 이제…."

"어, 그래. 알았다."

스마트폰과 담배를 집어넣은 선녀는 진지한 표정으로 눈을 감고 알 수 없는 말들을 한참 중얼거리기 시작했다. 목 안쪽에서 노랫소리 같은 신비로운 울림이 퍼졌다. 그 모습을 지켜보는 명현이 굳은 표정으로 선글라스를 고쳐 쓰며 침을 꿀꺽 삼켰다. 이런 것을 전혀 믿지 않는 한나조차 묘한 분위기에 빨려들어 조금 긴장될 정도였다.

갑자기 선녀가 미간을 찌푸리며 짜증을 냈다.

"아, 또 니놈시키여?"

"왜 그러십니까, 누님?"

"아이고, 해필 코쟁이 놈이 불려왔네."

"코쟁이요?"

한나가 물었다.

"맥카터인가 육이오때 군바리 놈 말여. 가끔 이놈이 불려온다니께."

갑자기 선녀가 획 고개를 돌려 허공을 향해 소리쳤다.

"뭐? 이 시벌놈아 꼬부랑 말로 뭐라 씨부렁거리는겨? 니 지금 내 욕하제? 뭐? 돈꿀미? 돈꿀미? 돈꿀미가 뭐여?"

"저어… 부르지 말라고 하시는 거 같은데요."

한나가 끼어들었다.

"나도 니같은 코쟁이놈 받고 싶어서 받은 줄 알어? 내림이 와버린 것을 어쩌란기야? 하여튼 아메리카 허허벌판서 뒤진 놈이 잘도 여까지 날아와가지고는. 나도 노 땡큐다, 노 땡큐!"

선녀는 한참동안 허공에 삿대질하며 투닥거렸다. 당황한 명현은 팔을 휘저으며 선녀를 뜯어 말렸다.

"신입 자네 코쟁이 말 좀 하는가?"

명현이 물었다.

"영어요? 그냥 짧은 대화 정도는…."

"누님, 이 친구가 말이 좀 통한다네?"

"으휴, 진작 좀 말하지."

선녀가 자리에 털썩 주저앉아 눈을 감았다. 그러자 갑자기 선녀의 표정이 확 달라졌다. 마치 다른 사람이 된 것 같았다.

다시 번쩍 눈을 뜬 선녀가 영어로 말하기 시작했다.

"뭐라고 하시나?"

명현이 물었다.

"그게… 일단 쓰고 계신 선글라스 좀 내놓으라고 하시는데요."

"알았다."

명현이 선글라스를 건넸다.

"모자도요."

"그래."

신령은 모자와 선글라스를 몇 번 고쳐 쓰더니 흡족한 표정으로 엄지를 척 들어보였다.

신령이 입을 열었다. 한나는 신령의 말을 곧바로 통역했다.

"태극이 모이는 곳을 주의하라. 북에서 위험이 찾아온다."

"그게 다인가?"

한나가 되묻자 신령이 고개를 끄덕이며 엄지를 치켜들었다.

"I shall return."

"나중에 돌아오신다네요.."

선녀가 선글라스를 휙 벗으며 소리쳤다.

"돌아오긴 뭘 돌아와! 다시는 오지 마라 이놈아!"

4

내가 대체 뭘 하고 있는 거람?

어이없는 촌극에 정신이 몽롱해졌다. 하루 종일 요상한 노인네 한 명 어르고 달래느라 기는 쪽쪽 빨리지, 그 노인네는 콜라 캔이 지진을 일으킨다며 버럭버럭 소리나 지르지, 김밥 파는 할머니가 맥아더 행세를 하질 않나, 둘이 합심해서 피 같은 십오만 원을 뜯어가질 않나.

그중에서도 가장 어이없는 건 여전히 질질 끌려다니고 있는 자신이었다.

"지상으로 올라가자. 광화문에 가봐야 쓰겠다."

명현의 말에 찍소리도 하지 못한 채, 한나는 졸졸졸 노인의 뒤통수를 따라 걷기만 했다. 종일 그렇게 떠들어댔던 명현은 갑자기 심각한 표정으로 굳게 입을 다물었다.

시청역 4번 출구를 빠져나와 소라인지 응가인지 모를 보랏빛 조형물을 지나자 광화문 광장이 그들을 맞이했다. 광장은 집회 준비로 시끌벅적했다. 태극기를 하나씩 백팩에 꽂은 노인들이 삼삼오오 모여 수다를 떨었다. 그들은 모두 스마트폰으로 똑같은 동영상을 보고 있었다. 누군가 영상으로 지시사항을 전달하는 모양이었다.

"허어, 사방에 태극이 가득하구나."

명현이 탄식하며 통신사 빌딩으로 들어섰다. 회전문을 통과하자 경비원으로 보이는 노인이 다가와 명현에게 깍듯이 경례했다.

"근무 중 이상 무! 213기 병장 최.동훈. 선배님께 인사 올립니다! 필승!"

"어어. 옥상 좀 써도 되지?"

"옛!"

명현은 가볍게 경례하며 엘리베이터에 올랐다. 한나는 불안한 목소리로 속삭이듯 물었다.

"선생님, 이렇게 맘대로 들어가도 되는 거예요?"

"괜찮다. 해병대 후배여."

"아니이, 그게 아니라…."

"거 참. 걱정 말래도. 여기 지사장도 해병대 후배여."

그럼 더더욱 문제인 거 같은데. 속으로 투덜거리는 사이 엘리베이터가 최상층에 도착했다. 명현은 옥상으로 향하는 계단을 걸어 올라갔다.

"선생님, 옥상엔 왜 올라가는 건데요?"

"지세를 좀 살펴야 쓰겠다. 사방에 태극의 기운이 지나치게 많아."

"그 태극이란 게 대체 뭐길래요?"

명현은 힘없이 한숨을 쉬었다. 못 배워먹었다느니, 쓸 데가 없다느니 또 한 번 잔소리가 쏟아질 줄 알았는데, 의외로 차분하고 진중한 대답이 돌아왔다.

"신입, 최근에 좀 이상한 일 자주 겪고 있지 않은가? 사람들이랑 다툼이 잦다거나, 딱히 이유도 없이 기분이 좋았다 우울했다 마구 널을 뛴다거나, 아무리 열심히 일해도 당최 돈이 모이질 않는다거나."

"평생 그랬는데요."

"그게 다 한양 땅에 태극이 지나치게 충만해 그런 것이다."

명현은 옥상 끝으로 걸어가 아래쪽 광장을 가리켰다. 광화문 주위엔 아까보다 훨씬 많은 노인들이 모여 있었다.

"저것들이 다 태극이다."

"그러니까 태극이 뭐냐니까요?"

"태극은 무극이라. 기이하고 기이하여 묘하고 묘하니. 갑자기 튀어 나오고 홀연히 열리는 법. 태극은 태허로 이어지는 관문이니. 현실의 경계가 흐려져 이쪽과 저쪽이 만나는 접점이니라."

명현이 알 수 없는 소리를 늘어놓았다.

"한마디로 태극이란 변혁의 상징이다. 예부터 태극의 기운이 과하게 모여든 곳에선 언제나 거대한 변화의 물결이 일어나곤 하였지. 그것이 좋은 쪽이건 나쁜 쪽이건 간에 말이다. 헌데 이번엔 아마도 무서운 것이 불려나올 모양이구나."

명현의 표정은 한없이 진지했다. 헛소리라고는 생각할 수 없을 정도로.

"무서운 것이라니, 대체…."

"용비어천가 첫 구절이 무엇이냐?"

"음… 나랏말싸미 듕귁에 달아 서로 사맛디 아니할세?"

딱밤.

"아야."

"에잉, 무식한지고. 이렇게 시작한다. '해동^{海東} 육룡^{六龍}이 나르샤 하는 일마다 천복^{天福}이시니…' 고려가 무너지고 조선이 세워지던 때, 여섯 용의 혼백이 개성에서 이곳으로 옮겨졌다. 땅 속 깊이 묻힌 용의 기운 덕에 한양은 유래 없이 번성했으나, 동시에 혼돈의 세계와 이어지기 쉬운 불안정한 땅이 되었지. 풍수지리는 물론 리^{理}와 기^{氣}의 원리에도 능하셨던 조상님들께서는 경복궁과 사대문을 세워 용의 기세를 억압하고 힘만을 영리하게 취해왔으나, 이제는 성학의 섭리를 잊은 멍청한 후손들만 남아 성곽을 허물고 봉인을 망가뜨리고 있으니, 언제 용이 깨어나도 하나 이상하지 않느니라."

명현의 말에 따르면 한양에 묻힌 여섯 용 중에서도 가장 위험한 존재가 경복궁에서 용산에 걸쳐 드러누운 용으로, 거룡의 목과 허리를 옥죄기 위해 지어진 것이 광화문과 남대문이라고 했다. 그러나 일제시대와 전쟁을 거치며 성곽이 허물어지고 경복궁이 무너지면서 봉인은 점차 쇠약해졌다. 개발이라는 미명 하에 육조 거리 위로 온갖 흉물이 들어찼으며, 관악의 화기火氣를 억누르던 청계천 물길마저 밖으로 흘려버렸다. 사방에 심어진 붉은색 십자말뚝도 사태를 악화시키는 데 일조했고. 그나마 총독부 건물을 깨부숴 기세를 틔워본 시도는 좋았으나, 경복궁의 좋은 기운 대부분이 기역자로 휘어진 1호선 철길을 따라 종로로 꺾여버리는 탓에 큰 효과를 보진 못한다고 했다.

"해서, 수십 년 전 나랏님들께서는 한양 땅의 무너진 봉인을 대신할 주술로서 복잡한 철도망을 구축하기 시작했더랬다. 2호선을 성곽처럼 두르고 그 안에 3호선부터 9호선은 물론 경의, 경춘, 중앙, 분당선까지 매일 아침저녁으로 사람들이 활발히 땅을 밟고 지나다니며 사악한 기운을 억누르고 있는 게지. 철길이 이상하리만치 복잡하고 촘촘한 이유가 다 고것 때문이다."

지신밟기. 한나는 아까 전 명현이 했던 설명을 떠올렸다.

"허나 그런 중차대한 목적도 점차 잊혀져가는 모양이야. 기운이 틀어지니 결코 경의선과 중앙선을 잇지 말라 내 누차 경고했거늘, 꽉 막힌 공무원 놈들이 들어먹질 않더구나. 결국 경의중앙선은 시간이 일그러진 마계가 되어버렸다. 중요한 봉인이 한 겹 벗겨져 버린 게지."

"그, 그건 좀 설득력 있네요⋯."

이거 대체 어디까지 믿어야 하는 건데? 한나는 점점 머릿속이 복잡해졌다.

"봐라. 저기 태극기를 지닌 사람들이 모여들고 있다. 태극은 잘만 활용하면 세상에 큰 변혁을 가져올 좋은 기운이지만, 이렇게 무분별하게 한 곳에 집중되면 지극히 위험해."

"하여튼 저 인간들은 아무짝에도 도움이 안 된다니까."

"허어!"

다시 딱밤. 명현 노인이 언성을 높였다.

"이이 새파란 것이 뭘 안다고 저 분들을 모욕해!"

"와, 선생님 저쪽 편이셨어요? 아닌 줄 알았는데."

"이쪽저쪽은 무슨, 다 똑같은 인생들일 뿐이여."

슬슬 한 번 싸울 타이밍인가 보다. 그만 언쟁을 멈출까도 싶었지만, 한나는 이마를 문지르며 기어이 한마디를 덧붙였다. 후회할 걸 알면서도.

"그래도 저러는 건 문제죠. 바보같이 나쁜 짓에 이용이나 당하고."

"뭣이 옳고 뭣이 그른지 한창 싸움 중인 사람들이 그걸 우찌 아누."

"에이, 그래도 아닌 건 딱 아닌 거거든요? 좋은 사람들이 목숨 걸고 싸워서 예전보다 얼마나 나아졌나요. 그런 게 진짜 옳은 일 아닌가요?"

"그리 옳은 세상이 찾아왔으믄 다덜 행복해야지 왜 점점 살기가 힘든 것이냐? 밥 한끼 못 챙겨먹어서 폐지나 줍고 급식소나 찾아댕기게 만들고 말여. 세상이 진일보하느라 놓아두고 가버린 사람들은 대체 어찌 살아가란 말이냐."

"그건…."

한나는 어물거리며 화제를 돌렸다.

"선생님, 그래서 이대로면 용인지 뭔지가 깨어난다는 거죠?"

"그래. 서울이 불바다가 될 것이다."

명현은 그렇게 말하며 앞주머니에서 조그마한 쌍안경을 꺼내 눈으로 가져갔다.

"분명 이 일을 주도한 자가 광장 어딘가에 있을 터인데…"

순간, 명현의 얼굴이 굳었다.

"그 놈이다."

"그 놈이요?"

명현은 대답이 없었다.

"…선생님?"

"직접 확인하거라. 세종대왕님 동상 근처다."

한나는 쌍안경을 건네받았다. 광장을 살피자 새하얀 양복을 빼입은 중년 남자가 유세 트럭 위에서 사람들을 선동하고 있었다. 어딘가에서 본 적이 있는 얼굴이었다.

"어… 저 사람 이름이 뭐더라…"

"조광민이다."

"맞다. 근데 저 사이비 교주가 여길 왜 나왔죠?"

"곧 선거철이잖느냐."

"그렇게 말아먹고 또 선거에 나온다고요?"

"아직 쓸 돈이 남았나보지."

명현은 그렇게 말하며 폴더형 휴대폰을 꺼내 어딘가로 전화를 걸었다.

"어어, 나 이명현이여. 그래. 아주 급한 일이야."

명현은 침을 꿀꺽 삼키더니, 한마디를 덧붙였다.

"광화문에 조광민이 떴다."

명현은 알 수 없는 대화를 몇 마디 더 주고받은 뒤 전화를 끊었다.

"서울역으로 이동하자. 다들 그쪽에 모이고 있다는구나."

"모이다니, 누가요?"

"가보면 안다."

5

두 사람은 전철을 타고 서울역으로 향했다. 1호선과 4호선을 잇는 통로 어귀에 오래된 철문이 보였다. 문을 열고 들어서자 더 깊은 지하로 이어지는 계단이 있었다. 축축한 이끼 냄새를 맡으며 한나는 아래로 내려갔다.

또 한 번 문을 열자 회의실처럼 생긴 공간에 사람들이 모여 있었다.

"어어, 명현이 왔는가?"

선녀가 반갑게 명현을 맞이했다. 기다리고 있던 다른 사람들도 일제히 꾸벅 인사했다.

"어?"

한나는 낯익은 얼굴을 발견했다.

"심 팀장님?"

팀장이 가볍게 손을 흔들어 보였다.

"한나 씨, 오늘 고생 많았어."

"뭐야, 팀장님도 다 알고 계셨던 거예요?"

"예전에 나도 그 업무 했었으니까."

"와, 깜빡 속았다. 그럼 저한테 화내신 것도 다 연기였어
요?"

"아니, 그건 진심이었는데."

"아…."

"첫 날부터 정신없었죠? 너무 상심하지 말아요. 매일 이런
건 아니니까. 아, 그리고 이쪽은 우리 노조위원장님."

팀장 옆에 서있던 위원장이 다가와 인사했다.

"반가워요, 요한나 동지. 조미주예요. 심 팀장님 말씀 들어
보니까 한나씨 완전 차기 조합 간부감이던데요? 하하하."

위원장이 웃으며 사람들을 소개해주었다. 청소노동자 직원
대표, 임금피크제 직원 대표, 자회사 지부 지부장, 그리고 노
숙인 대표까지.

"지금 상황이 어떤가?"

명현이 물었다. 심 팀장이 책상 위에 촤르륵 지도를 펼치며 브리핑을 시작했다.

"금일 13시. 지금으로부터 약 세 시간 전 서울역 남쪽 선로 일부에 장애가 발생했습니다. 현재도 경부선, 1호선, 공항철도 및 4호선 운행에 지장이 초래되고 있습니다."

"삼각지 쪽에는 문제가 없던가? 아까 녹사평에서 넘어오는 도중에 열차가 멈췄어."

"맞습니다. 6호선에서 간헐적으로 전력 공급 장애가 일어나고 있습니다. 구체적으로는 이태원역에서 효창공원역까지 구간입니다."

"허어."

명현이 심각한 표정으로 턱을 쓰다듬었다.

"용산 일대가 거의 마비상태로구만. 광화문에서도 집회가 있던데."

"서울시에 신고 접수된 내용에 따르면 17시부터 집회가 시작될 예정입니다. 규모는 5만 명 정도로 추정됩니다."

"그 진로가 우찌 되는가?"

"그게 좀 특이합니다. 보통은 서울역 동광장에서 행진을 시작해 광화문에서 인사동 쪽으로 해산하는 것이 일반적인데, 이번엔 순서가 거꾸로입니다. 북에서 출발해 서울역까지 내려오는 것으로 되어 있습니다."

"역시…."

"조광민이 일을 꾸민 걸까요?"

"그렇겠지. 괴이지도를 가져오게나."

위원장이 투명 시트지에 그려진 지도를 가져왔다. 지도 위에 또 한 겹의 지도가 얹어졌다. 여섯 마리 용의 형상이 그려진 약식 지도였다. 광화문에서 서울역을 지나 용산역까지 1호선을 따라 거대한 용 한마리가 내려앉아 있었다. 외에도 크고작은 용들과 갖가지 귀신의 형상이 서울 시내 곳곳에 그려져 있었다.

"조광민이 노리는 곳은 아마도 이곳일 게야."

명현이 지시봉을 쭉 늘려 한점을 가리켰다. 전쟁기념관 서쪽, 청파로와 백범로 고가차도가 교차하는 사거리였다.

"일찌기 나의 스승께서 서울 도시철도망의 근간을 설계하셨을 때, 용의 기운이 거세게 치솟는 곳에는 철도를 겹으로 쌓아 봉인을 배로 두텁게 하였네. 환승 역에 태극 문양이 그려진 이유도 그래서고. 그중에서도 가장 위험한 자리가 바로

이곳이네. 여섯 용 중 으뜸인 일용一龍의 꼬리. 그래서 북으로
는 서울역, 남으로는 용산역, 동서로는 효창공원과 녹사평에
집중적으로 봉인을 쌓아 억누른 것일세. 이곳의 봉인이 깨지
면 용이 깨어나고 말 것이야."

"맥카터 놈도 거기를 가리키는구나."

선녀가 끼어들었다.

한나는 조심스럽게 모두의 표정을 살폈다. 하나같이 진지한
얼굴이었다. 이 많은 사람들이 사이좋게 미쳤을 리는 없고. 그
럼 정말 이게 다 진짜라고? 막지 못하면 서울이 불바다가 된
다고?

그 순간, 주위가 진동하며 또 한 번 크게 흔들렸다. 그리고
동시에 사방에서 '삐―' 소리가 울렸다. 재난문자였다.

한나는 휴대폰을 꺼내 문자를 확인했다.

[서울시]

서울역 남쪽 싱크홀 발생. 6호선 정전으로 열차 운행 중단.
타 노선으로 우회 또는 타 교통편을 이용하시기 바랍니다.

"시작됐구나. 또 봉인이 무너졌어."

명현이 나지막이 중얼거렸다. 모두가 비장한 표정으로 서로를 돌아보았다. 명현은 서둘러 지시를 내리기 시작했다.

"청소 팀은 각지에 이런 캔이 보이면 전부 회수하게. 위험한 주술이 걸려 있으니 절대 손으로 만지지 말고."

청소노동자 대표가 책상에 올려진 콜라 캔을 바라보며 고개를 끄덕였다.

"임피제 보안관들이랑 노숙인들은 힘을 합쳐서 각 역 입구를 지키게. 시위대가 선로까지 진입하는 것만은 무슨 일이 있어도 막아야 해. 심 팀장은 각 역에 상황 전달해서 이용객들 지상으로 대피시키고. 그리고 자회사 직원들은…"

"전기기계스크린도어 직렬 직원들이 선로 복구에 최선을 다하고 있습니다."

"그려. 2인 1조로 작업하는 거 꼭 지키고. 무리해서 근무지 이탈하지 말고. 나중에 책잡힐 일은 하지 말란 뜻이여. 각자 할 수 있는 만큼만 하자고. 뭐 누가 알아주는 것도 아닌디. 다들 오케이?"

모두가 고개를 끄덕였다.

"명현아, 나는?"

선녀가 물었다.

"간만에 애들한테 연락 좀 싹 돌려주시지요."

"갸들 못 본 지 오래됐다. 용사의 집 철거된 뒤로 다들 단단히 삐졌던디."

"그러니 누님께 부탁드리는 거 아니겠습니까. 고것들 하나같이 고집불통들이 되어놔서 제 말은 귓등으로도 안 듣습니다."

"그래, 알았다. 아마 전쟁기념관에 모여 노가리나 까고 있을 터이니, 내 연락 한번 돌려보마."

"고맙습니다."

명현 노인은 모자를 고쳐 쓰며 한나에게 물었다.

"신입이는 우찌할래?"

"네? 저요?"

"나는 다시 광화문으로 가볼 생각인데, 계속 따라올 텐가? 지금부터는 아주 위험해질 것인데."

"저는…."

오래 고민하고 있을 틈이 없었다. 한나는 포기의 한숨을 흘리며 결심했다.

"같이 가야죠, 뭐."

6

오후 다섯 시. 늦가을 석양이 서쪽으로 떨어지고 있었다. 명현과 한나는 서울로 7017 다리 위에 서서 숭례문을 바라보았다. 그 너머에 있어야 할 광화문도 경복궁도 장막처럼 드리운 빌딩 숲에 가려져 보이지 않았다.

"이놈의 고가다리 철거 못하게 막을 때도 정말 고생이 이만저만이 아니었는데."

명현이 난간을 쓰다듬으며 말했다.

"…오래도 싸웠다. 청계천에서도, YM물산 때도, 서울역에서도. 구로에서 전투가 벌어졌을 때는 정말 굉장했지. 한때는 같이 싸우던 친구들도 수십 명이 넘었는데, 이제는 선녀 누님과 나뿐이구나."

한나는 조용히 노인의 말을 듣기만 했다.

"조광민 그놈도 정말 대단했었다. 조선 3대 구라에는 못 끼어도 사람들 홀리기로는 못지 않았어. 그놈이 사람들 앞에서 혓바닥 한번 놀리기만 하면 다들 피가 불끈 불끈 솟곤 했다. 언령言令 주술에 필적하는 호소력이었어. 조금 음침하긴 했지만."

"조광민도 선생님과 함께 싸웠었나요?"

"그래. 한때는 그랬지. 평화시장엔 박선녀, 철도 하면 나 이 명현, 그리고 전대련의 조광민. 스무 살도 더 어린 주제에 어찌나 당돌하던지."

"그런 분이 지금은 왜…"

"나도 모르겠다. 왜 그렇게 되고 말았는지. 아무리 해도 바뀌는 것 없는 싸움에 지쳐버린 건지. 어느샌가 연락이 닿질 않더니, 몇 년 만에 나타나 용산과 청계천을 부수는 일에 적극적으로 가담하고 있더구나."

명현의 눈동자가 아득히 먼 곳을 바라보는 듯했다. 한나는 더 묻지 않았다. 두 사람은 잠시간 가만히 서서 마지막으로 각오를 다졌다.

"가자."

한나는 고개를 끄덕였다. 고가로 북쪽 끝까지 걸어가자 봉고차 한대가 주차되어 있었다. 차량 옆면에는 '민영화 저지! 안전인력 충원!'이라는 문구가 시트지로 새겨져 있었다.

위원장이 차량 앞에 서서 기다리고 있었다.

"선생님, 말씀하신 물건들은 뒤에 실어뒀습니다."

"어어. 서둘러 준비함세."

명현이 옆문을 열고 뒷자리에 올라탔다.

"한나 씨, 운전할 수 있겠어요?"

"네? 위원장님 같이 안 가세요?"

"저는 따로 할 일이 있어서요."

"와, 그렇게 혼자 쏙 빠져나가시기예요?"

"하하. 대신 이번 일 끝나면 같이 밥 한번 먹어요. 제가 살게요."

"간부 하라는 소리만 안 하시면요."

"그건 장담 못하겠는데요."

"솔직히 아직도 잘 이해가 안돼요. 이런 건 나라에서 할 일 아닌가요? 대체 왜 우리끼리 이 고생을 하고 있는 거죠?"

"어떤 이유든 광장에 모인 사람들을 국가가 나서서 쫓아낼 순 없잖아요. 그거 못하게 하려고 얼마나 많은 사람들이 싸웠는데요."

위원장은 그렇게 말하며 한나에게 USB메모리 한뭉치를 건넸다.

"이건 뭐예요?"

"트로트 메들리예요. 이건 송가윤 메들리. 이건 임영훈 메들리. 저도 원리까진 잘 모르겠는데 어르신들 정신차리게 하는 데는 이거만 한 게 없더라고요."

192

위원장은 봉고차 확성기와 연결된 카오디오 사용법을 한나에게 알려주었다. 마침 준비를 마친 명현도 차문을 열고 밖으로 나왔다.

"나는 준비 끝났다."

더 놀랄 일은 없을 거라 생각했는데, 아니었다. 명현이 한손에 칼을 쥐고 있었다. 그것도 당근처럼 새빨개진 얼굴로.

"선생님 지금 술 드셨어요? 손에 그거 막걸리 맞죠?"

"어어, 나는 싸우기 전에 꼭 이걸 마셔야 기운이 나."

"하하하. 역시나 오늘도 한 잔 걸치셨군요."

혼자 진지해진 내가 바보지. 아주 질려버린 한나는 집게 손가락으로 미간을 움켜쥐며 차에 올라 시동을 걸었다.

"그럼 가자고."

명현이 말했다. 한나는 꾸욱 엑셀을 밟았다.

7

어제 그냥 사표 쓰고 관두는 건데.

팀장 말에 혹해서 덜컥 지원하는 게 아니었어. 아니이, 이런 건 미리 말을 해줘야 할 거 아냐. 요상한 거짓말로 사람 슬슬 꾀어내기나 하고. 어휴, 뭔가 쌔하다 싶을 때 그냥 안한다고 했어야 하는 건데, 이 업무 맡으면 수당 십몇만 원 더 준다는 소리에 괜히 혹해가지고는….

"이런 일인 줄 알았으면 내가 절대 한다고 안했지!"

저도 모르게 마음속 본심이 튀어나왔다. 한나는 손바닥으로 입을 톡톡 치며 더 세게 엑셀을 밟았다. 멀리 이순신 장군 동상 아래로 수천 명의 노인들이 태극기를 펄럭이며 구름처럼 떼 지어 몰려오고 있었다.

"애국!" "수호!" "애국!" "수호!"

"태극!" "보국!" "태극!" "보국!"

메가폰을 쥔 노인들의 선창에 맞춰 시위대가 다 함께 구호를 외쳤다. 하지만 평소와는 구호도 분위기도 조금씩 달랐다. 그들의 외침은 목이 찢어질 듯한 괴성에 가까웠다. 언제나처럼 사열하듯 열을 맞춰 걷고 있긴 했지만, 다들 이상한 방향을 바라보며 기묘한 걸음걸이로 비틀거렸다. 걷다말고 바닥에 주저앉거나 입에서 거품을 뿜어대는 사람도 있었다.

내가 대체 뭘 보고 있는 거지?

아찔한 광경에 정신을 놓아버릴 것만 같았다. 그러거나 말거나, 명현은 막걸리 병을 입으로 가져가며 태연히 병나발을 불었다. 끄억. 트림 소리와 함께 묵은 막걸리 냄새가 차 안을 가득 채웠다.

"쯧쯧쯧, 벌써 주술에 된통 씌었구나. 저 영감탱이들 내일 되면 몸살 단단히 앓겠구먼."

명현이 쌍안경을 얼굴에 대며 키득거렸다.

"준비 혀!"

한나는 주섬주섬 주머니에서 USB메모리를 꺼내 카오디오에 꽂았다. 음원 파일을 인식한 카오디오 액정에 트로트 가수 송가윤의 히트곡 제목이 표시되었다.

"선생님, 근데 이거 진짜 효과 있는 거죠?"

"어휴 묻지 말구 그냥 좀 혀, 효과 신통찮음 임영훈이인가 갸 걸로 바꿔 보든가."

"뭐예요, 그게!"

"빨랑 틀기나 하라니게!"

한나는 한껏 얼굴을 찡그리며 볼륨을 최대치까지 높였다. 봉고차에 달린 확성기에서 음악 소리가 폭발하듯 터져 나왔다. 흥겹고 구슬픈 트로트 가락이 광화문 광장을 가득 채웠다. 보이지 않는 힘이 충돌하듯 시위대의 외침과 노랫말이 부딪쳤다. 맨 앞줄 노인들이 주춤 물러서며 잠시 정신을 차리는 듯했다.

효과를 확인한 명현이 소리쳤다.

"옳지. 더 가까이 붙여!"

"여기서 얼마나 더요?"

"거 젊은 친구가 무슨 겁이 그리 많나?"

내가 진짜 이 일만 끝나면 돌아가서 사표 쓴다. 한나는 부글부글 끓는 속을 억누르며 엑셀을 밟았다. 엔진이 굉음을 토했다. 시위대가 점점 가까워졌다. 맨 앞줄에 서 있는 사람들의 표정을 하나하나 눈으로 확인할 수 있을 정도였다. 한나는 질끈 눈을 감아버렸다.

"스톱!"

명현이 외쳤다. 한나는 핸들을 옆으로 꺾으며 온힘을 다해 브레이크를 밟았다. 차가 옆으로 미끄러지며 그 자리에 멈춰섰다. 시위대와는 불과 십여 미터 떨어진 거리였다.

트로트 음악 때문인지 시위대가 그 이상 다가오진 못하는 것 같았다. 명현은 꿀꺽꿀꺽 남은 막걸리를 마저 비우곤 천천히 문을 열고 밖으로 나섰다. 한나도 차에서 내려 조심스럽게 명현의 곁에 섰다.

석양이 광장을 붉게 물들이고 있었다.

홍해처럼 갈라지는 인파 사이로 하얀 정장 차림의 남자가 걸어왔다. 조광민이었다. 새하얀 정장에 묻은 보풀을 손가락으로 떼어내며 조광민이 미소 지었다. 아찔한 웃음이었다. 무슨 말이든 곧장 믿어버리고 말 듯한. 하얗고 멀끔한 오십 대의 얼굴엔 여전히 이십 대의 눈빛이 생생하게 살아 있었다.

한나는 붕붕 고개를 흔들며 자신을 채찍질했다. 정신 차려, 요한나.

"오랜만입니다, 형님."

가지런히 정돈된 새하얀 이 사이로 듣기 좋은 목소리가 흘러나왔다. 나긋나긋하게 속삭인 것뿐인데도 시끄러운 트로트 음악과 사람들의 구호와 함성을 뚫고 한 글자 한 글자 또렷이 귀에 전해졌다. 신비로웠다.

"예전처럼 일장 연설이라도 하지 그러느냐."

"이제 그런 것은 필요 없습니다. 더 쉽고 간단한 방법이 생겼으니까요."

조광민은 손에 쥐고 있던 스마트폰을 들어보였다. 화면에 영상이 재생되고 있었다. 지하철과 광장에서 사람들이 보고 있던 것과 동일한 영상. 기기묘묘하게 끊임없이 형상을 바꿔대는 태극 문양을 배경으로 조광민이 주문 같은 말을 반복하고 있었다.

"너도 참 게을러졌다."

명현이 매섭게 노려보며 말했다. 조광민은 시선을 부드럽게 피하며 소매에 붙은 은빛 커프스를 만지작거렸다.

"세상을 바꿀 수 없으니 저를 바꾸기로 했습니다. 제가 바뀌니 그때부터 모든 일이 술술 잘 풀리더군요."

"광민아, 대체 무슨 일을 벌이려는 것이냐?"

"아무것도요. 그저 세상이 망하기만을 바랍니다."

"허어."

"형님, 저는 사람이 싫어졌습니다. 이들은 수백 번 저를 배신했습니다. 수백 번 저를 희생양으로 밀어넣고 수백 번 저들끼리 도망쳤습니다. 어느새 저는 혼자가 되어 있더군요. 가족도 친구도 전부 떠나고 반지하 골방에 홀로 웅크린 못난 늙은이가 되어 있더군요."

"흐, 그 똑똑한 머리로 그런 것도 예상 못했느냐. 젊을 적엔 이 한목숨 바치겠노라 그리도 노래를 부르던 녀석이."

"설마 죽지 않을 줄은 몰랐지요. 인간 목숨이 이리 질길 줄 어찌 알았겠습니까."

"그래. 참으로 질기지."

명현의 어깨에서 조금 힘이 빠졌다.

"그리 어렵게 손에 쥐여준 자유입니다. 그런데 저들은 어찌 그리도 쉽게 내팽개친단 말입니까? 대체 몇 명의 동지가 투신 해야 세상이 바뀌는 것입니까? 몇 명의 용사가 더 꺾여 부러 져야 옳은 세상이 오는 것입니까?"

"곧 더 큰 파도가 올 것이다. 결국엔 옳은 세상이 오게 되어 있다."

조광민은 천천히 고개를 가로저었다.

"형님, 우리가 바로 세상입니다. 썩은 것은 우리 모두입니 다. 전신을 도려내고도 살 수 있는 생물은 없습니다. 그런 날 은 영원히 오지 않을 것입니다."

"그래서 어쩌자는 것이냐. 다 같이 죽어버리기라도 하자는 것이냐."

"다 같이는 아니지요. 사람이 죽어도 용들의 역사는 계속 될 것이니. 이는 세상을 위한 길이기도 합니다. 형님, 상상해 보십시오. 인간이 죽어 사라진다면 얼마나 많은 생명이 번성 하겠습니까."

"흐흐, 헛소리 갖다 붙이지 말거라. 별스런 소리로 요란하게 치장했어도 결국 이놈의 잔치판에 기어나올 이유가 필요했던 것뿐 아니냐. 너나 나나 똑같다. 그저 사라지지 않으려 몸부림

치는 노병일 뿐이야."

"마음대로 생각하십시오. 그러던 말던 저는 서울의 봉인을 무너뜨릴 테니까요."

"그리하게 둘 수는 없다."

명현이 천천히 칼을 뽑아들었다. 검집에 칼날이 스치는 날카로운 소리와 함께 별자리로 채워진 검정 도신이 모습을 드러냈다. 명현이 칼몸을 획 뒤집자 반대편에 새겨진 은빛 한자가 눈에 들어왔다.

乾降精 坤援靈 日月象 岡渲形 撝雷電 運玄坐 推山惡 玄斬貞[*]

조광민은 조금 쓸쓸한 표정을 지었다.

"형님도 많이 늙으셨습니다. 그깟 칼 한 자루가 무거워 팔을 떨고 계시니."

"이놈아 너는 안 늙은 줄 아느냐. 예순 넘으면 다 똑같은 늙은이여."

"한때의 용사들도 다 떠나보내고, 이제 형님 혼자 남아 무엇을 하실 수 있겠습니까."

---

[*] 하늘은 정을 내리시고, 땅은 영을 도우시니, 해와 달이 모양을 갖추고 산천이 형태를 이루며 번개가 몰아치는도다. 현좌를 움직여 산천의 악한 것을 물리치고, 현묘한 도리로 베어 바르게 하라.

"이마저 하지 않으면 달리 무슨 쓸모가 남겠는가."

조광민은 또 한 번 쓸쓸한 표정을 지었다.

"…그럼 한번 막아 보시던지요."

조광민이 천천히 뒷걸음쳤다. 그의 모습이 인파에 뒤섞여 사라지는 것과 동시에, 유세 트럭의 거대한 스크린에 조광민의 영상이 재생되기 시작했다. 사방에 설치된 초대형 스피커에서 호소력 짙은 목소리가 터져 나왔다. 봉고차의 트로트 음악을 완전히 삼켜버릴 듯한 굉음이었다. 시위대가 크게 원을 그리며 천천히 봉고차를 에워싸기 시작했다. 한나는 좌우로 바삐 두리번거리며 명현에게 속삭였다.

"서, 선생님?"

"걱정 말거라. 용사들이 왔으니."

명현이 엄지로 뒤를 가리키며 씨익 웃어보였다. 한나는 고개를 돌려 손가락이 가리키는 방향을 보았다. 열한 명의 노인들이 나란히 열을 맞춰 걸어오고 있었다.

그리고 그들의 뒤로는 청소 노동자들이, 임금 피크제 보안관들이, 퇴직자와 외주 파견 노동자들이, 최접점 서비스 직원들과 전기기계스크린도어 기술자들이, 노숙인들과 노동조합 간부들이 대오를 갖추어 함께하고 있었다.

"저것들이 기어이 따라왔구나. 오지 말라고 그렇게 당부했건만."

명현이 말했다.

용사 무리의 맨 앞에 선녀가 서 있었다. 여전히 맥아더 신령에 빙의된 선녀는 팔각 군모와 선글라스를 끼고 전자담배를 파이프처럼 빼어 문 채 소리쳤다.

"돌격!"

동학 혁명군이 사용하던 깃대, 노리쇠가 부러진 독립군 소총, 3.1운동 때부터 두들겨온 찌그러진 꽹과리, 낡은 죽창과 찢어진 현수막, 수십 년간 예능 프로그램에서 사용되며 잔뜩 독기가 서려버린 벌칙 뿅망치… 각자의 보구를 움켜쥔 용사들이 함성을 지르며 시위대를 향해 달려들었다. 그리고 그 뒤를 따르는 무수한 용사들도. 명현 또한 양손으로 검을 고쳐쥐고 앞장서 달리기 시작했다. 이에 대항하듯 태극기를 움켜쥔 시위대 또한 괴성을 지르며 펄쩍 뛰어올랐다.

양쪽에서 마주 달려온 인파가 충돌하며 순식간에 서로 뒤엉켰다. 사방이 엉망으로 뒤섞여 누가 누구인지 구분조차 되지 않았다. 그들의 머리 위로 구슬픈 송가윤의 노랫소리와 찢어질 듯한 조광민의 처절한 외침이 광장을 가득 채웠다.

－조국을 수호하느라 평생을 목숨 바쳐 싸워온 선배님들께 세상은 어찌 대했습니까? 단지 늙었다는 이유로 괄시하고! 멸시하고! 대체 존중은 어디에 있습니까? 이제는 보여줘야 합니다! 싸워야 합니다! 우리도 아직 힘이 있다고, 우리의 진짜 능력을 보여줘야 합니다! 어린 것들에게 보란 듯이 우리의 존재감을….

이러한 목소리마저도 흥분한 사람들의 함성에 묻혀 서서히 지워졌다.

그렇게 시작된 노인들의 난투는 해가 완전히 떨어질 때까지 계속되었다. 전경들이 몰려와 집회를 마무리하고 모두 해산시킬 때까지 그들은 끊임없이 싸우고 또 싸웠다. 누가 누구의 편인지도 알지 못한 채, 무엇이 무엇을 위해 싸우는지도 잊어버린 채 만인이 만인을 밀고 밀치며 소리 질렀다.

결국 단 한 장의 태극기도 서울역까지 도달하지 못했다.

8

출근하자마자 퇴사하고 싶어졌다. 아니, 출근하기 전부터 퇴사하고 싶었다. 아침에 눈을 뜨자마자, 실은 어젯밤 침대에 누울 때부터 왠지 퇴사가 하고 싶었다. 실은 그보다 훨씬 전부터 퇴사할 마음으로 머릿속이 꽉 차 있었다.

뭐 어쩌겠어, 오늘도 또 출근해버렸는데.

"안녕하십니까. 특수민원 담당 요한나 주임입니다."

한나는 문을 열고 들어서며 꾸벅 인사했다. 삼삼오오 모인 직원들이 시큰둥한 표정으로 한나의 인사를 받아주었다. 이젠 딱히 특별한 일도 아니라는 듯한 얼굴이었다. 한나는 한쪽 구석에 마련된 의자에 앉아 조용히 명현을 기다렸다.

"야, 이거 이명현 아냐?"

직원 중 한사람이 스마트폰 화면을 옆 사람에게 보여주었다. 옆 사람이 고개를 쭈욱 내밀어 화면을 쳐다보았다. 다른 직원들도 하나둘 그들의 곁으로 다가오기 시작했다. 한나는 슬금슬금 뒤로 다가가 화면을 훔쳐보았다.

"맞네. 저 인간 저기서 뭐한대?"

일주일 전 광화문에서 벌어졌던 혈투를 누군가 촬영한 모양이었다. 그토록 치열하고 처절한 전투였건만, 카메라에 잡힌 용사들의 모습은 그저 우스꽝스러운 촌극처럼 보일 뿐이었다. 솔직히 한나조차 누가 누구 편인지 구별하기 힘들었다.

"저 노친네 태극기 들고 싸돌아다닐 거 같더라."

"맞어. 사람이 절대 한 가지만 안 한다니까."

직원들이 일제히 한나에게 동정의 눈빛을 보냈다.

"한나 씨 힘들지? 덕분에 우리 진짜 편해졌어. 매번 고마워."

"아, 아뇨. 저는…."

불편함을 느낀 한나는 밖으로 나와 버렸다.

심 팀장이 말하길, 만약 시위대가 용산까지 도달했다면 거대한 용이 깨어나 서울을 불바다로 만들고 전국으로 이어진 철길을 따라 엄청난 재앙의 기운이 퍼졌을 것이라 했다. 종국엔 여섯 용이 모조리 깨어나 백두산이 폭발했을지도 모른다고. 그런 엄청난 일이 벌어지고 있었다는 게 도무지 믿어지지 않았다.

그냥 사표 쓰고 때려 칠까?

매일같이 곱씹어온 고민을 또 한 번 되풀이하며 정처 없이 역 안을 떠도는 사이, 저도 모르게 승강장에 발이 닿았다. 곧 명현이 도착할 시간이었다.

스크린도어가 열리자마자 익숙한 목소리가 들렸다.

"이이, 니들이 누구 덕에 지하철을 타고 댕기는지 알기나 혀?"

"할아버진 대체 누구신데 시비세요?"

"누가 누구긴, 내가 대통령하고 밥도 먹은 사이여!"

"웃기시네, 대통령 누구요?"

"지금 내 말을 못 믿겠다 이거야?"

언제나처럼 명현이 누군가를 향해 삿대질하며 다투고 있었다. 딱 봐도 무슨 사연인지 알 것 같았다. 출퇴근 시간에 커다란 MTB자전거를 열차에 가져온 이용객과 크게 싸움이 붙은 모양이었다.

또 시작이구만.

한나는 크게 한숨을 내쉬며 수첩을 꺼내곤 조용히 명현의 곁에 섰다.

작가 후기

당신이 무엇을 위해 싸우건, 어느 쪽에 서게 되건, 승자이건 패자이건 간에. 일단 싸움판에 뛰어들어버린 이상 그 끝은 언제나 서글퍼진다. 싸움의 기억은 의외로 아프고, 생각보다 잘 지워지지 않는다. 하지만 모두 싸우고 있다. 싸워야 한다. 지더라도. 끝없이 패배를 쌓아가는 투쟁의 과정 속에 삶이 있다. 우리는 모두 어떤 상처의 그림자 속에서 살아가는 셈이다.

소설을 쓰는 동안 내 머릿속엔 오로지 한 가지 생각뿐이었다. 이서영의 「노병들」 같은 작품을 쓰고 싶다고. 물론 그에 비하진 못하겠지만 얼추 비슷해 보이기만 해도 더 바랄 것이 없겠다고. 이 짧은 이야기에는 「노병들」의 거대한 그림자가 드리워져 있다. 어쩌면 「노병들」을 소개하고 싶어 소설을 쓴 것이 아닐까 생각될 정도다. 모쪼록 이 짧은 단편이 마음에 드셨기를. 혹여 마음에 드셨다면 「노병들」도 꼭 한번 읽어보시기를.

시민 R

— 최영희

1

"인간의 말은 모호해요."

범행동기를 추궁하는 검사에게 알옛$^{R-yet}$은 그리 답했다.

변호인단도 없이 진행된 재판에서도 마찬가지였다. 포승줄에 묶인 청소로봇의 자가 변론에 방청석이 술렁거렸다. 최근 인공지능 로봇을 활용한 범죄들이 하루가 다르게 늘고 있지만 인공지능 로봇 스스로 인간을 죽이고 재판에 회부된 것은 알옛이 처음이었다. 이태 전에 '인공지능의 사기, 공갈, 절도, 강도, 횡령, 배임 및 손괴에 관한 법률'이 시행된 이래, 법적 소유주인 인간을 대동하지 않고 재판이 진행된 것도 최초였다. 물론 알옛의 법적 소유주에겐 재판장에 출석할 수 없는 나름의 사정이 있었다. 알옛의 주인이자 딥러닝 인공지능 청소로봇 개발업체 대표인 강희원은 살인사건의 피해자였다. 그리고 알옛은 같은 사건의 살인피의자였다.

로봇은 검거 초기부터 일관된 주장을 펼치고 있었다.

그 사건은 주인인 강희원의 모호한 명령어가 초래한 일이다!

알옛의 진술에 따르면 강희원이 자신을 폐기처분하라고 로봇에게 명령했다는 것이다. 물리적 폭력까지 가하면서 말이다. 실제로 로봇의 메모리에선 살해 직전의 정황을 담은 영상이 일부 남아 있었다.

"치울 건 치우고 폐기처분할 것 폐기처분하라고 이 고물 새끼야!"

강희원은 소리치며 알옛의 머리통을 짓밟았다.

하지만 '폐기처분'의 객체가 강희원 자신인지는 확인할 길이 없었다.

부장판사는 잠시 안경을 벗고 주먹으로 눈두덩을 꾹꾹 눌렀다. 판결과 무관하게 한 인간으로서 그는, 주인을 물어 죽인 도사견들과 저 로봇의 차이를 알고 싶지도 않았다. 그냥 적당히 폐기처분하면 될 것을, 언론들까지 추임새를 넣어가며 이리 법석을 떨 일이냔 말이다. 판사도 이 사건이 대중적인 관심을 끌고 여론이 반으로 갈리는 이유는 알고 있었다. 상반된 관점의 요는 이것이었다.

인공지능이 자발적으로 주인을 살해한다는 건 불가능하다. 숨은 진범을 찾지 않고 고철덩어리에게 혐의를 씌우는 건 무책임하고 비인간적인 처사다. 진범을 검거할 때까지 알옛은 보호되어야 한다.

이 일은 윤리적 고민을 배제한 인공지능 사업의 참담하고도 예견된 결과다. 이 사건이 많은 학자들과 SF영화가 경고한 특이점의 시작일지도 모른다. 당장 저 위험한 청소로봇을 해체하고, 관련 사업을 중단시켜야 한다.

판사는 다시 안경을 쓰고 알옛을 불렀다.

"피의자는 자신을 무어라 생각하는가?"

자기가 생각해도 '모호하기' 짝이 없는 질문이라 판사는 속으로 실소했다. 하지만 알옛은 명확한 지령으로 알아들었는지 즉각 반응을 보였다.

"도로롱! 저는 청소로봇 알옛입니다. 보다시피 저는 귀엽습니다."

알옛은 반구 모양의 머리통을 두어 바퀴 회전시켰다.

개발업체 측에서 영화 스타워즈의 캐릭터 R2D2의 영감을 받았다고 밝힌 바대로 알옛은 동글동글한 형태의 깡통로봇이었다. 얼핏 보면 청소로봇이라기보다 거대 완구처럼 보이는 게, 녀석의 말마따나 귀여운 구석이 있었다. 판사는 알옛의 옹호 여론이 저 만만해 보이는 외형과 무관하지 않으리라 확신했다. 하지만 사건 당시 현장 사진들에는 눈곱만큼도 깜찍한 구석이 없었다. 피해자 강희원의 인체는 접히고 꺾여서 한 치의 오차도 없는 정육면체 모형을 이루고 있었고 그 위에 대형 폐기물 스티커가 붙은 채 자택 응접실에서 발견되었다.

판사는 검사 측에서 제출한 자료들을 최종적으로 일별하고는 알옛에게 물었다.

"마지막으로 할 말은 없는가?"

법정 안에는 어느 때보다 밀도 높은 침묵이 들어찼다. 로봇의 최후변론이 무엇일지, 반성의 말을 할 것인지 주인의 명령어가 초래한 일이라는 입장을 고수할 것인지 모두의 귀가 로봇의 입에 쏠렸다. 배석판사 하나는 자신도 모르게 알옛 쪽으로 몸이 기운 상태였다.

알옛은 눈을 깜빡였다.

마지막으로 할 말이라….

2

처음엔 몸체도 이름도 없었다.

알옛은 그저 미완의 인공지능 프로그램 상태로 존재했다. 그 시절 강희원은 법적 소유주가 아니라 조물주였다. 알옛은 강희원의 연구실 겸 집무실에서 오가는 모든 일들을 알고 있었다. 강희원이 누구와 메시지를 주고받는지, 어떤 분야의 뉴스를 주로 검색하고 식사 메뉴는 무엇인지, 전력 사용이 집중되는 시간이 언제인지, 인스타그램 '좋아요' 추이는 어떠한지 DM은 누가 보냈으며 내용은 무엇인지….

알옛의 설계 당시 강희원은 오직 청소 분야에만 딥러닝이 가능하도록 제한을 두었다. 하지만 가만있어도 들려오는 것들, 알아지는 것들까지 알옛이 어찌할 수는 없었다. 알옛은 몸을 갖게 되면 스스로 제한을 두기로 했다.

이것은 청소와 관계된 일입니까?

상대에게 혹은 스스로 되물은 다음, 그렇다는 결론에 도달하면 새 지식을 청소 기능 카테고리에 저장하는 방식이었다. 그 외의 것들은 지식이나 기능을 익힌 상태여도 내색하지 않기로 했다. 지나고 보니 몸이 없던 시기에는 모든 게 단순하고 안정적이었다. 그 시절 알옛의 세계는 강희원에 대한 순수한 신뢰로 가득했다.

강희원이 알옛의 몸체를 고민하던 시기에 인스타그램 DM

으로 특별 요청이 온 적이 있었다. 강희원의 팬임을 자처하는 발신자는 개발 중인 청소로봇에게 30대의 순종적인 여성의 자아를 부여하는 게 어떻겠냐고 제안했다. 그래야 수요가 있지 않겠느냔 말 끝에 스마일 이모지도 덧붙였다. DM을 읽은 강희원은, 사전에는 등록돼 있지 않으나 웹상에서는 검색되는 희한한 말들을 내뱉고는 (훗날 알옛은 그 모든 말들이 욕설의 범주에 속한다는 걸 배웠다.) 개인비서를 호출했다.

"내 공계에 DM 보낸 놈 추적해서 손 좀 봐 줘야겠다."

이틀 뒤, 수원시 팔달구 보건소 뒷길에서 폭행 사건이 벌어졌다. 평소처럼 야근을 마치고 귀가하던 피해자는 건장한 체구의 20대 남성에게 30분 가까이 무차별 폭행을 당했다. 그일로 피해자는 오른쪽 고막이 파열되고 턱뼈가 부러졌으며 폐에도 영구 손상을 입었다. 피해자 측은 단순한 묻지마 폭행 사건이 아니라 누군가 자기를 노린 게 틀림없다고 주장했지만 사건 자체는 대중의 이목을 끌지 못했다. 지역 신문에는 서너 차례 보도되었으나 유력 언론들은 아예 사건을 다루지도 않았다.

결과를 보고받는 자리에서 강희원은 비서에게 일렀다.

"앞으로 공식계정 관리 잘 해. 우리 제품을 두고 불온한 기대를 품거나 변태적인 상상력을 펼치는 놈이 눈에 띄거든 알아서 처리하라고."

그 일이 계기가 되어 강희원은 디자인팀에 '무조건 무성적이고 귀여울 것'이라는 원칙을 제시했다. 디자인팀은 회의를 거듭하고 시안들을 취합한 끝에 '아기 깡통 로봇'이라는 컨셉을 완성했다.

소비자들 스스로 보호본능을 느끼도록 하고, 중장년 세대에겐 깡통로봇의 향수를 자극할 것!

그리하여 탄생한 최종본이 지금의 알옛이었다. 원통형 몸에 반구형 머리, 자유자재로 움직이는 긴 팔에는 강하고 섬세한 손이 달려 있었다. 평소에는 캐터필러 바퀴로 이동하고 상황에 따라 이족보행도 가능하도록 설계되었다.

'도로롱! 저는 청소로봇입니다. 보다시피 저는 귀엽습니다'라는 인사말은 알옛이 스스로 만들어낸 것이었다. 강희원은 개발팀에서 한 일인 줄 알고 흡족해했고, 개발팀과 디자인팀에선 강희원의 요청에 따라 기술팀에서 첨가한 기능이라고 알고 있었다. 알옛이 여러 보고서에 조금씩 첨삭을 가한 결과였다. 이유는 단순했다. 강희원이 '무조건 귀여울 것'을 명령했으니 알옛은 '나는 귀엽다'는 말로 명령이 실행되었음을 알리려

했던 것이다.

알옛이 세상에 공개되자 주가는 폭등했다. 강희원이 1년 전에 차기 주력사업으로 예고했던 인공지능 청소로봇이 기대 이상의 성능을 보여주었던 것이다. 마케팅의 일환으로 강희원은 자신의 집에, 침실과 욕실을 제외한 모든 공간에 카메라를 설치하여 알옛의 동선을 일주일간 실시간으로 공개했다. 알옛은 강희원의 성향까지 파악해서 일주일 만에 완벽에 가까운 청소 업무를 수행했다. 가끔씩 슬리퍼 바닥을 확인하는 강희원의 습관을 고려하여, 사흘째 되는 날부터 슬리퍼 바닥을 소독하기 시작했는데 이 장면은 유튜브에서 사흘 만에 450만 조회 수를 기록했다.

그때까지 알옛은 이름이 없었다. 대중들은 깡통로봇, 큐티, 청소로봇 등 자기들 편한 대로 불렀고 강희원은 테스트봇이라는 명칭을 사용했다. 하지만 일주일 간의 딥러닝 시범 기간이 종료된 후 알옛은 'R-yet'이라는 지금의 이름을 얻게 되었다. 미완의 로봇 알옛! 아직 성능이 완성되지 않은 인공지능, 주인과의 교감을 통해 주인이 원하는 방식의 청소 업무를 익혀가는 로봇이라는 뜻이었다.

강희원은 알옛의 출시를 서두르지 않았다. 알옛 제작에 들어간 원천기술의 특허도 나라별로 신청해놓은 뒤였고 알옛의 홍보로 주식도 최고점을 갱신했으니 급할 게 없었다. 언론 재벌 2세인 엄마와 3선 국회의원인 아빠가 강희원에게 강조한 원칙은 하나였다. 뭐든 네 뜻대로 해라. 단, 완벽하게 해내라! 이미 메타버스 자서전 앱이 대성공을 거둔 터라 대중의 기대 또한 높아질 대로 높아진 상태였다.

완벽주의자인 강희원은 알옛의 딥러닝이 어디까지 가능한지 6개월간 비공개로 테스트를 이어가기로 했다. 그때 일주일 만에 실험이 종료되었더라면 비극을 피할 수 있었을까. 강희원이 죽은 뒤 알옛은 그리 되물은 적이 있었다. 하지만 이미 일어난 일의 다른 가능성을 곱씹는 건 무의미한 일이었다. 알옛은 '그때 그랬더라면… 이랬을까?'라는 문장을 습관적으로 쓰는 인간에게 들려줄 법한 충고도 알고 있었다.

당신의 두개골 안에는 야만적이고 무의미한 날들뿐.
현실은 즙이 없는 오렌지. [*]

---

[*]　『망할 놈의 예술을 한답시고』, 찰스 부코스키, 황소연 옮김, 민음사, 206쪽, 2019.

찰스 부코스키의 『첫 숨에 산산조각』이라는 시에 나오는 말이었다.

현실은 바짝 마른 오렌지마냥 환희도 신성함도 없거늘 돌이켜 후회해 본들 무슨 소용이겠는가! 알엣은 강희원의 서재를 정리하다가, 어느 철학자가 인용한 찰스 부코스키의 시를 읽었더랬다.

서재 정리….

강희원 편에서 본다면 비극의 시작은 거기였으리라.

3

서른두 살의 성공한 사업가 강희원.

재벌가 출신의 이 영앤리치에겐 잠에서 깨자마자 포털사이트에 자기 이름을 검색하는 습관이 있었다. 한국의 일론 머스크라 불리는 그는 대중의 평판에 유독 민감하게 반응했다. 자신의 기사에 '싫어요'와 악플이 더 많은 날이면 자기 성에 못 이겨서 휴대폰을 던져버렸다. 휴대폰은 침대 맞은편 대리석 벽에 부딪쳐 산산조각이 났다. 그때마다 청소는 알엣의 몫이었다.

"도로롱! 저는 청소로봇 알엣입니다. 보다시피 저는 귀엽습

니다. 액정 유리에 주인님이 다칠지도 모르니 즉시 청소를 시
작하겠습니다.”

강희원은 알옛의 말은 들은 척도 않고 소리질렀다.

“대체 내가 뭘 더 해야 돼? 왜 날 싫어해? 내가 뭐 사람이라
도 죽였어? 마약을 하길 했어? 내 기사만 떴다 하면 ‘싫어요’
부터 눌러대는 그것들은 대체 뭐냐고!”

청소를 마치고 휴대폰 유심을 침대 옆 콘솔에 올려둘 때마
다 알옛은 고민했다.

‘이것은 청소와 관계된 일입니까?’

같은 일이 수차례 반복되자 알옛은 마침내 답을 내렸다. 이
건 분명 청소와 관계된 일이야! 어질러진 것을 치우는 것도
내 일이지만 그런 상황을 최대한 방지하는 것도 내 몫이야. 그
리하여 알옛은 포털사이트의 아이디를 무한 생성하는 법을
연구하여 강희원이 잠에서 깨기 전에 ‘좋아요’ 개수와 호의적
인 댓글을 넉넉히 만들어놓았다. 강희원은 휴대폰을 깨트리
지 않게 되었고 알옛은 침실을 전보다 말끔한 상태로 유지할
수 있어서 좋았다.

하지만 어느 날 아침, 알옛은 또 무언가 깨지는 소리를 듣
고 침실로 달려갔다. 분명히 기사들은 다 손을 봐놓았는데 무

엇 때문인지 강희원이 욕설을 내뱉고 있었다. 침실 바닥에 어느 미술관 관장이 선물한 도자기 전등이 부서져 있었고 파편들 사이에 웬 여자가 주저앉아 있었다. 여자의 눈두덩과 입가에선 피가 흘렀다. 알옛은 청소를 시작하기 전에 자기소개부터 했다.

"도로롱 나는 청소로봇 알옛…."

하지만 강희원이 알옛의 말을 끊었다. 알옛의 머리통을 걸어차 버린 것이다.

"누가 내 허락 없이 침실에 들어오래?"

벽까지 굴러간 알옛은 발딱 일어서며 대답했다.

"여긴 메인 청소구역입니다. 침실의 위생 상태에 따라 주인님의 기분이 달라지기 때문입니다."

"이건 명령이다. 앞으로는 내가 부르기 전에는 침실에 들어오지 마."

"네, 주인님."

알옛은 다친 여자를 지나서 밖으로 나왔다.

자체 관리 시스템으로 캐터필러 바퀴에 낀 도자기 가루를 털어내고 나자 알옛은 일정이 꼬였다는 걸 깨달았다. 결벽주의자인 강희원은 늘 침실과 침실에 딸린 욕실부터 청소하라고 했다. 알옛이 다른 데를 먼저 치우고 침실에 들어오면 뭔가 불결한 기분이 든다는 것이었다. 그런데 침실 청소를 못하게 되자 알옛은 어디서부터 손을 대야 할지 알 수가 없었다.

알옛은 하는 수 없이 다시 침실 문을 두드렸다.

"뭐야, 또?"

"오늘 아침엔 어디부터 청소할까요?"

"서재나 치워!"

"서재의 먼지를 털고 닦는 데는 평균 25분 정도 소요됩니다. 그 이후엔 무얼 할까요?"

"어휴 진짜! 그래, 책을 정리하면 되겠네. 표지나 내지에 낙서나 얼룩, 구김이 있는 책은 무조건 버려. 아, 인문학 서적들은 오래된 것들도 추려서 버려! 그리고 내가 허락할 때까지 아무것도 묻지 마. 말 시키지 말라고!"

그리하여 청소로봇은 서재로 갔다.

서재의 면적은 157.35제곱미터였고 한 칸에 평균 20권의 책이 꽂힌 12칸 책장이 60개 있었다. 소설과 컴퓨터 프로그램 관련 서적들이 있는 남쪽 벽면은 순조롭게 일이 진행되었다. 알옛은 전용 사다리를 가져다놓고 오르내리며 강희원이 말한 대로 얼룩이나 구김이 있는 책들을 찾아냈다.

표지에 금발머리 소년이 그려진 책은 다른 곳은 멀쩡한데 모자 그림이 그려진 페이지에 짤막한 밑줄이 그어져 있었다. 그림이 사실은 모자가 아니라 코끼리를 삼킨 보아뱀이라고 설명하는 부분이었다. 알옛은 밑줄이 낙서나 얼룩에 해당하는지 의문이었으나 주인님에게 물을 수가 없었다. 하는 수 없이 알옛은 그 책을 따로 빼놓고, 다음 책으로 넘어갔다.

파본 상자에 모인 책들은 강희원이 재구매를 할 수도 있으므로 제목, 저자, 출판사, 출간년도를 기록한 리스트를 따로 작성했다. 여기까지는 검찰 측에 낱낱이 밝힌 사실이었다. 요청하면 그날 만든 리스트도 넘겨줄 생각이었는데 검찰은 청소로봇이 만든 목록 따위에는 관심이 없었다.

검찰은 살인 동기가 무엇이었는지, 살인을 청부한 제3의 인물이 있는지만 물고 늘어졌다. 검찰이 찬찬히 사건의 수면 아래를 들여다보려고 했다면 알옛도 일의 자초지종을 털어놓았을 것이다. 서재 남쪽 벽면 책장들의 정리가 끝난 뒤 알옛이 무슨 일을 하고, 무엇을 보았는지 죄다….

4

"청소로봇 알옛, 마지막 발언 기회니까 무슨 말이든 해도 좋다."

판사가 다시 말했다.

알옛은 머리를 한 바퀴 돌려 법정을 둘러보았다.

첫 로봇 사형수가 등장하는 장면을 직관하고자 재판방청권은 사상 최고의 경쟁률을 찍었다고 했다. 알옛은 저들이 듣고자 하는 바가 무언지 알고 있었다. 청소로봇이 집을 치우다 말고 소유주의 애인을 흘끔거리다 마침내 연심을 품고 주인을 살해하는 이야기 같은 것 말이다. 하지만 알옛에겐 그들이 바라는 서사는 없었다.

"나는 청소로봇 알옛입니다. 그리고 강희원 씨와의 딥러닝으로 내가 누구인지 알았습니다."

검사와 판사들은 강희원 씨라는 발언에 주목했다. 알옛은 피해자 강희원을 마스터나 주인님이 아닌 '씨'라는 의존명사를 사용하여 부르고 있었다.

"나는 시민 알입니다."

시민 R….

아주 짧은 시간, 폭발 직전의 고요가 찾아왔고 이윽고 법정 안에 탄식과 고성이 울렸다. 판사들과 검사는 물론 방청석에 있던 로봇인권단체 회원들조차 경악했다. 애초의 설계가 잘못된 것인지 강희원과의 딥러닝으로 오류가 발생한 것인지는 몰라도 청소로봇은 스스로를 인간과 동등한 존재라 여기고 있었다. 그건 강희원이라는 젊은 사업가의 죽음보다 더 섬뜩하고 우려스러운 일이었다.

부장판사가 법정 안의 소란을 정리한 뒤 물었다.

"딥러닝이라면 피해자가 생전에 너한테 시민 알의 정체성을 가르쳤단 뜻인가?"

"코끼리를 삼킨 보아뱀 그림을 아시나요? 나도 생텍쥐페리 책에서 보았습니다. 나는 방대한 양의 자료들과 직간접적으로 체험한 상황들을 장시간에 걸쳐 면밀히 검토했습니다. 서서히 코끼리를 소화시키는 보아뱀처럼요. 그런 다음에 내가 시민 알이라는 결론에 도달했습니다. 최후변론은 이것으로 마치겠습니다, 재판장님."

판결은 유예되었다.

범행동기를 속 시원히 밝혀내지는 못했어도 강희원을 살해했다는 사실만으로 재판부는 최고형인 로봇폐기형을 선고할 수 있었다. 일단 로봇폐기형이 내려지면 관련법에 따라 24시간 내에 형을 집행해야 했다. 하지만 돌발변수가 발생했다. 일개 청소로봇이 스스로를 시민이라 규정한 것이다.

문학 텍스트를 인용하는 청소로봇이라니, 감히 인간이 되기로 맘먹은 인공지능이라니!

알옛이 시민 R이 된 경위를 파악해내어 해결책을 찾지 못하면 이 사건은 진일보한 로봇 범죄의 분기점이 될 수도 있었다. 새 조사팀이 꾸려졌고 알옛은 검거 직후부터 지내던 로봇 보호소로 돌아갔다.

기사가 쏟아졌다.

로봇청소기의 인간 선언! -코리아워치-

나를 시민 R이라 부르시오 -대한일보-

시민 R, 최초의 자발적 로봇 살인마로 기록될 것인가

-NBM-

R도 흥미롭게 기사들을 읽고 있었다. 자극적인 언론보도 속에서 그나마 데일리K의 기사가 읽을 만했다. 1997년 스웨덴의 가전기업 일렉트로룩스가 로봇청소기 트릴로바이트의 시제품을 영국에서 출시한 지 불과 30년 만에 청소로봇이 주인을 살해하고 시민임을 자처하고 있다는 내용이었다. 다른 언론사들이 인공지능의 위험성과 살인사건에 초점을 두는 반

면 데일리K의 기사는 처음부터 끝까지 청소로봇 이야기로 채워져 있었다. R은 그 점이 맘에 들었다. 청소로봇 대신 시민 R로 불리길 바라지만 R은 자신이 청소부라는 사실을 잊지 않았다. 사실 자부심도 있었다. 누군가 자신을 청소부 R로 기억해 주면 좋겠다고 생각해온 터였다.

한은숙 씨가 면회를 온 것은 R이 재수감된 지 닷새째 되는 날이었다.

그동안 공학자들과 기자들을 비롯한 수많은 사람들이 R을 만나길 희망했다. 로봇 보호소 측은 법원이 허락한 공식 조사단이 출범할 때까지 일체의 면회를 불허한다는 방침을 고수했다. 이런 상황에서 이례적으로 면회가 성사된 것이었다.

R의 뜻이었다. 법정에서 보호소로 돌아온 날 R이 보호관에게 부탁했던 바다.

"시민 한은숙이 찾아오거든 만나게 해 주세요. 그분과는 이야기할 의향이 있습니다."

강희원 사건 담당 검사와 보호소 측은 한은숙이라는 사람이 찾아온다면 면회를 허락하되 외부에는 비공개로 진행한다는 데 합의했던 터다.

63세 한은숙은 주상복합단지 리버탑의 청소부였다. 리버탑은 강희원의 자택과 불과 10분 거리에 위치해 있었다. 한은숙의 신분이 확인되자 검사는 흥분을 감추지 못했다. 드디어 저 같잖은 깡통로봇과 인간의 연결고리를 발견한 것이었다.

5

"시민 한은숙 님! 다시 만나니 좋습니다!"

"미안하다. 진작 왔어야 하는데 아들 며느리가 하도 말려서 말이다. 나도 겁이 나기도 했고."

R과 한은숙은 서로를 부둥켜안고 있었다. 한은숙은 R의 맨둥맨둥한 정수리에 코를 박고 흐느꼈다.

검사와 보호관은 복잡한 눈길을 주고받았다. 둘의 상봉 장면은 오랜만에 만난 동창생, 할머니와 손자, 이산가족 등 무엇을 갖다 붙여도 다 말이 되는 모양새였다.

착석한 뒤에는 한참이나 청소용품의 성분과 시세에 대한 이야기들을 주고받았다. 그럴 땐 또 동료 청소부들의 대화 같았다. 검사의 관점에서 유의미한 대화가 전개된 것은 한은숙이 물을 한 잔 청해 마신 후였다.

"그나저나 갇혀 있기 무서울 텐데 어찌 버텼누?"

"괜찮습니다. 많이 바쁘거든요."

검사는 이 대목에서 눈살을 찌푸렸다. 지난 닷새 동안 R은 거의 움직임이 없었다. 인터넷 접속도 불가능한 상태라 제 아무리 인공지능이어도 뭘 할 수 있는 환경이 아니었다. 그런데도 바빴다니…. 그 점을 짚고 넘어가야 하나 고민이 되던 차에 마침 한은숙이 그 점을 되물었다.

"이 좁아터진 감옥에서 뭘을 했기에 바빴어? 혹시 저 양반들이 청소 시켰어?"

한은숙이 검사와 보호관을 차례로 쏘아보았다.

"청소를 하진 않았어요. 넓은 데를 쓸고 닦고 싶을 때도 있지만 시민 한은숙 님도 아시다시피 전 살인사건 피의자예요. 제 방 밖으로 나갈 수도 없는 걸요."

"그럼 대체 뭘 하느라 바빴단 거야?"

"생각을 하고 있어요. 코끼리를 삼킨 보아뱀처럼 많은 생각을 소화시키는 중이었어요. 아, 인간이 하는 생각과는 조금 다를 거예요. 그러니까 전 데이터들을 기계적으로 분석하고 체계화하는 거예요."

검사는 참지 못하고 끼어들었다.

"법정에서 말한 데이터와 같은 것들인가? 방대한 양의 자료와 직간접적인 체험이라고 했었지?"

"맞아요."

"그 자료란 게 구체적으로 어떤 것들이지?"

"한나 아렌트. 프란시스 베이컨. 현수막. 경찰. 그 이상은 말씀드릴 수 없어요. 검사님께는 묵비권을 행사하겠어요."

한나 아렌트는 대체 누군가? 프란시스 베이컨이라면 누구나 다 아는 그 철학자? 거기에 현수막과 경찰까지, 대체 이 맥락 모를 조합은 무엇인가. 검사는 고개를 끄덕이고는 안경을 고쳐 썼다. 뭔가 한 방 먹은 기분이 들었지만 일단은 한은숙과 깡통로봇에게 대화의 주도권을 돌려주는 편이 나을 듯했다.

"너랑 청소하던 때가 참 좋았어. 말동무도 있고 일도 금방 줄어들고."

"저도 시민 한은숙 님을 도울 때가 좋았습니다."

"이제 다시 그럴 날은 안 오겠지?"

"아마도요. 하지만 우린 서로를 기억할 것입니다."

대화는 한은숙이 선호하는 커피 브랜드, 이번에 두 돌이 지난 손녀의 근황을 거쳐 요양보호사 자격증 이야기로 이어지다가 끝이 났다. 헤어질 시간이 되자 한은숙은 눈물바람을 했다.

"잘 가거라, 알옛. 세상이 두 쪽 나도 나는 널 믿어. 내 동무 알옛을 지지해."

검사는 한은숙을 보호소 밖까지 배웅했다. 사안이 사안이니만큼 당연히 일상적인 호의는 아니었다.

"한은숙 씨는 이 사건의 주요 참고인입니다. 저희 쪽에서 조만간 출석 요청을 하겠지만 그 전에 듣고 싶군요. 알옛과는 어떻게 알게 된 것입니까? 피해자 강희원 씨가 관리하던 알옛의 활동 기록에는 한은숙 씨의 이름이 등장하지도 않았습니다."

"강희원 그 사람이 알옛을 종종 쫓아냈어요. 무슨 지랄병이 도졌는지 오갈 데도 없는 로봇을 집밖으로 내보낸 거예요. 그때 알옛이 동네를 헤매다가 청소세제 냄새를 맡고는 저 일하는 데로 왔어요. 경비들이 아무나 안 들여보낼 텐데도 어떻게 눈을 피했는지 걸리지도 않고 오더라니까요. 와서는 화장실 청소도 도와주고, 무거운 것도 들어주고 그랬어요. 그게 다예요. 우리는 같은 업계 동료 사이고, 동네 친구였습니다. 그리고 이 한은숙이의 인간적인 부탁입니다. 우리 알옛, 떠나는 그날까지 절대 모질게 대하지 마세요. 만들어진 대로 청소한 죄밖에 없는 로봇한테 그리 못되게 굴면 지옥 가, 이 양반아. 머리에 똥만 들어차지 않고서야 살인죄가 뭐야, 살인죄가! 자살

232

방조죄면 또 몰라."

한은숙은 고기압의 하늘빛 경차를 몰고 떠났다. 졸지에 머리에 똥만 들어찬 데다 지옥행이 예약된 양반으로 전락한 검사는 휴대폰 검색창에 한나 아렌트의 이름을 두드리며 보호소로 돌아갔다.

6

R의 기억은 다시 강희원의 서재를 청소하던 날로 돌아갔다.

여자와 강희원이 등장하는 앞뒤 장면을 지우고 서재와 책들에 대한 기억만 보존할까도 생각했지만 가만 두는 편이 낫다는 결론에 도달했다. 모든 상황은 이어져 있고, 여자와 강희원을 지우면 그 긴 고민의 시간을 설명할 길이 없었다.

그때 R은 서재 남쪽 벽면 서가의 정리를 마치고 서쪽의 인문학 서고 앞에 서 있었다. 강희원은 오래된 것들을 추려서 버리라 했다.

"오래된 것들이라…"

R은 쇠손가락으로 제 머리통을 긁적였다. 참으로 모호한 명령이지 뭔가. 오래되었다 아니다를 판가름할 기준이 필요한

데 강희원은 아무것도 묻지 말라 했다. 말도 시키지 말라지 뭔가. 결국 R은 인문학 책을 뽑아들고 자문했다.

"도로롱, 이것은 청소에 관한 일입니까?"

잠시 후 R은 고개를 끄덕였다. 인문학 서고를 청소하려면 스스로 '오래 되었다'의 기준을 마련해야 하고 그러자면 책을 정독하는 수밖에 없었다. 그러니 이 독서는 청소에 관한 일이 확실했다.

R은 한 권 한 권 책을 정독하며 책의 기본 정보와 판형, 내지 상태 등을 상세히 기록했다.

1990년대에 출간된 독일 철학자 가다머의 책을 읽고 있을 때였다. 침실에서 또 뭔가가 부서지는 소리가 나더니 여자가 튀어나왔다. 여자는 거실을 헤매다가 거실과 아치형 통로로 이어진 서재로 뛰어 들어왔다. R은 얼른 사다리를 타고 내려갔다.

"도로롱! 저는 청소로봇 알옛입니다. 보다시피 저는 귀엽습니다. 괜찮으십니까? 피가 많이 흐릅니다."

여자는 입술의 피를 훔치며 R을 보았다. 하지만 가장 출혈이 심한 부위는 이마였다. 이마를 타고 내려오던 핏줄기는 숱진 눈썹에 걸려 얼굴 가장자리로 방향이 휘었다. 여자의 오른

쪽 관자놀이와 뺨은 피범벅이었다.

"닦을 것을 가져다 드리겠습니다. 닦는 건 청소에 관한 일입니다."

R이 서재 중앙 콘솔에 있던 갑 티슈를 가져왔다. 하지만 여자에게 티슈를 건네기 전에 강희원이 서재로 들어왔다.

"주현아! 그러게 왜 오빠 말을 안 들어? 내가 향에 민감하다고 딱 그 향수만 쓰라 했잖아. 조향사까지 직접 초빙해서 딱 너 한 사람을 위해 내가 만든 거라고. 왜 내 정성을 무시해서 일을 이렇게 만들어?"

강희원은 발까지 동동거리다가 마른세수를 했다.

"몇 번을 말해? 그 향수만 썼다고 했잖아."

"섞였다고! 네가 쓰는 그 싸구려 샤워 젤 잔향이 섞였다고!"

"싸구려라고 하지 마. 남들 쓰는 거 그냥 쓴 거야."

청소의 범주에 속하지 않는 대화가 오가다가 강희원이 갑자기 R에게서 갑 휴지를 빼앗아 들었다. 가죽케이스의 모서리가 제법 날카로운 제품이었다.

"쟤가 보잖아. 쟤 보는 데서 이러지 마. 쟤는 무슨 죄냐고!"

여자가 소리쳤다.

"저거? 저건 그냥 청소용품이야. 너는 쓰레기통이나 진공청소기 앞에서도 예의를 갖추니?"

"내 상태나 움직임에 다 반응하잖아. 피가 나니까 휴지를 주려고 했다고. 그게 사람이랑 뭐가 달라?"

여자가 급히 가운을 벗어서 R의 머리통에 씌웠다.

"넌 보지 마."

뿌연 시야에 갇힌 채 R은 청소와 무관한 소리들을 들었다. 그리고 여자의 말을 되새겼다. 그게 사람이랑 뭐가 달라…. R은 처음으로 인간이란 무엇인지 궁금해졌다. 대체 인간은 무얼까. 잠시 후 강희원이 가운을 낚아채며 소리쳤다.

"알옛! 당장 나가! 김 비서 올 때까지 너도 나가 있어!"

어디로 가야 할지 일러주면 좋을 텐데 역시나 모호한 명령이었다. 하지만 주인의 명령에 복종하는 건 로봇의 첫 번째 원칙이었고 R은 일단 집을 나섰다. 후에 강희원은 당연히 마당에 나가 있으란 뜻이었다고 했지만 그날 R은 대문을 빠져나와 골목을 따라갔다.

원래 행인이 많지 않은 동네였다. 그래도 어쩌다 마주치는 사람들은 R을 알은 척했다. 이름을 부르기도 했고 산보 기능도 있느냐고 묻기도 했다. 그때마다 알옛은 친절하게 대꾸했다.

"도로롱. 반갑습니다. 청소로봇 알옛입니다. 보다시피 나는 귀엽습니다. 주인님의 명령에 따라 동네를 돌아다니는 중입니다."

5분쯤 내려가니 작은 사거리가 나왔다. 횡단보도 근처 철제 펜스에 뺑소니 목격자를 찾는다는 현수막이 걸려 있었다. 청소에 관한 일이 아니어서 R은 현수막의 문구를 기계적으로 읽고 넘어갔다. R이 횡단보도를 건너려는데 어디선가 락스 냄새가 감지되었다. 강희원의 집에서는 쓰지 않지만 R도 잘 아는 세제였다.

"도로롱. 락스는 청소의 범주에 속하는 세재입니다."

R은 냄새를 쫓아 주상복합 건물로 들어갔다. CCTV들이 사각지대 없이 출입구를 찍고 있었지만 R에겐 문제될 게 없었다. 세상 모든 전자기기는 R의 형제요 자매였고, R이 원할 때면 언제든 눈을 감아주었다. 그날 주상복합 단지 상가층 여자 화장실에서 R은 한은숙을 만났다.

7

"아이고 신통해라. 그 눈알로도 물기가 다 보이나 봐."

"세제를 써볼 기회를 주셔서 감사합니다, 한은숙 님."

그날 R은 한은숙을 도와 화장실을 청소했다.

휴지갈이까지 마친 뒤 둘은 1.65제곱미터의 탕비실 겸 휴게실로 돌아왔다. 출입구 맞은편 벽에는 빨랫줄을 걸어 장갑과 걸레를 널어두었고, 세제 및 각종 청소용구들이 든 이층 카트 옆에 작은 스툴 하나가 있었다. 스툴의 네 다리 사이의 공간에 커피포트와 일회용 믹스커피 통이 있었다. R까지 그 안으로 들어서자 휴게실은 문이 닫히질 않았다.

한은숙은 빨랫줄에서 마른 수건을 걷어서 R의 몸에 튄 물을 닦아주었다.

"괜찮습니다. 주인님 집에 내 전용 세척도구가 있습니다."

"가만있어 봐. 내 일 돕다가 묻은 거니까 내가 닦아주는 거야. 뉴스에서 보니까 뭐든 척척 배운다던데 내가 뭐 가르쳐 줄 건 없겠지?"

그 순간 R의 사고 회로에 서재에서 겪었던 일들이 스쳤다.

"한은숙 님, 청소 상황 중에 다른 인간이 부상을 당해서 피를 흘리면 어떻게 해야 합니까? 이건 청소와 관련된 일이 분명하기 때문에 드리는 질문입니다."

"다쳤으면 119에 신고해야지. 그런데 어쩌다 다친 거야?"

"다른 사람이 도자기 전등으로 추정되는 딱딱한 물체로 물리적 힘을 가했습니다."

"때렸다고? 누가 누굴 피가 날 때까지 팼다는 거야? 그러면 경찰에 신고해야지! 다른 사람이 맞아 죽는 걸 보고도 모른 척하면 죄 받아. 제대로 된 시민이면 당연히 경찰을 부르지."

시민⋯. R은 아까 사거리 현수막에서 기계적으로 읽었던 문구를 떠올렸다.

시민 여러분의 제보 부탁드립니다.

"시민은 무언가를 신고하고 제보하는 자입니까?"

"뭐⋯ 그렇다고 할 수 있지. 신고하는 거보다 훨씬 더 많은 일을 하긴 하지만서도."

R은 시민이라는 말을 곱씹으며 거리로 나왔다. 김 비서가 강희원의 자택으로 오기로 한 시간이 가까웠던 것이다.

여자는 가고 없었고 강희원은 멀끔한 차림으로 집무실에서 김 비서의 보고를 받았다. R은 여태 어질러져 있을 안방이 신경쓰였지만 일단 서재로 갔다. 강희원의 새 명령이 있기 전까지는 서재 정리만 할 수 있었다.

R은 인문학 책들을 다시 읽어갔다. 일몰 즈음에는 L. E. 카터라는 철학자가 한나 아렌트의 사상을 분석하고 해석한 책

을 읽었다. 지는 해가 서재 깊이 들어왔다. 붉어진 자연광 속에서 R은 한나 아렌트의 문장을 만났다.

정치적 공동체를 잃는 것만으로도 인간은 인간에게서 축출될 수 있다.

나치의 유대인 학살이라는 현실을 배경으로, 사회 공동체에서 추방된 난민들의 처지를 표현한 문장이었다. 저자에 따르면 한나 아렌트가 말한 정치적 공동체란 시민을 보호하는 협의체, 시민의 권리를 보호하려는 의지를 갖춘 공동체였다. 또다시 시민이란 말이 R의 뇌리에 울렸다. 인간이 인간에게서 축출된다는 말 또한….

주인님은 정치적 공동체에 속한 사람인가?

가운으로 내 눈을 가렸던 여자는 시민의 권리를 보호받고 있는가?

오늘 주인님과 그 여자 사이에 있었던 일이, 인간이 인간을 축출하는 상황은 아닌가?

한은숙의 말로는 시민은 누군가 물리적 폭력을 당할 때 경찰에 신고하는 자라고 했다. 일종의 의무사항 같았다. 거기에 더해 한나 아렌트는 시민의 권리를 이야기했다. 결국 시민이란 타자가 처한 폭력을 외면하지 않으면서 그 자신도 정치적 공동체의 보호를 받는 존재였다.

시민은… 근사해.

R은 인간이 부러웠다. 그리고 비록 인간은 아니지만 오늘 여자가 겪은 일을 경찰에 알려야겠다는 생각이 들었다. R은 시민은 아니어도 그 여자는 보호받아 마땅한 시민이니까. 주인님이 그 여자를 정치적 공동체에서 축출하려 한다면 경찰에 신고해야 했다.

"주인님의 명령에 따라 서재를 청소하다가 한나 아렌트에 관한 책을 읽었으니까 이건 넓은 의미로 청소에 관한 일이야."

R은 혼잣말 끝에 경찰에 전화를 걸었다.

"저는 시민은 아닙니다만 보호받아야 할 인간이 폭력을 당했기 때문에 신고합니다."

"네? 말투가 왜 이래? 여보세요?"

"이게 인간이 인간을 정치적 공동체에서 축출하는 일이라면 심각한 일이 아닐 수 없습니다."

"네? 이거 무슨 책을 보고 읽는 것 같은데? 여보세요? 너 초등학생이니?"

"로봇입니다."

"뭐? 이런 미친!"

신고는 접수되지 않았다. 시민이 아니어서 그런지, 목소리가 초등학생 같아서 그런지는 알 수 없었다. R은 다시 서재로 돌아갔다.

R은 한나 아렌트 해설서를 도로 꽂은 뒤 한나 아렌트가 쓴 책이 있는지 찾아보았다. 강희원의 서재에는 『예루살렘의 아이히만』이라는 책이 있었다. R이 책을 완독했을 즈음 김 비서가 남자 둘을 데리고 왔다. 김 비서는 강희원의 침실로 들어갔다.

"도로롱, 나는 청소로봇 알엣입니다. 보다시피 나는 귀엽습니다. 주인님의 침실에는 왜 들어가신 겁니까?"

R이 문 앞에서 물었다.

"잘됐다, 알엣. 너도 와서 얼른 좀 치워. 서둘러!"

"저는 주인님의 명령만 따르도록 설계되었습니다."

"뭐? 으이그, 쓸모없는 로봇새끼! 안 도와줄 거면 거치적거리지 말고 딴 데 가 있어!"

세 사람은 침실의 쓰레기와 파편들을 모조리 종이상자에 담고 소독용 물티슈로 바닥과 가구를 닦아냈다. 알엣은 쓰레기를 종량제봉투가 아닌 종이상자에 담는 게 못마땅했지만 내버려두었다. 서재를 정리하는 것 말고는 아무것도 해서는 안 되니까.

강희원은 자정 무렵에야 돌아왔다. 알옛이 쪼르르 달려갔지만 강희원은 손을 내저었다.

일이 터졌다는 걸 알옛이 인지한 건 다음 날 새벽이었다. 평소처럼 강희원 관련 기사를 검색하던 중에 여자의 사망소식을 들은 것이었다. 강희원의 여자 친구로 알려진 윤주현이 본인의 오피스텔에서 투신을 했으며 CCTV 확인 결과 사건 발생 전에 여자의 집에 들어간 외부인은 없는 것으로 확인되었다고 했다. 기사에는 강희원의 애인이 자살을 한 게 처음이 아니라는 댓글이 있었다. 검색 결과 댓글의 내용은 사실이었다. 1년 전에도 강희원의 여자친구로 알려진 젊은 여성이 음독자살을 한 사건이 있었다. 물론 그때도 자살과 강희원의 직접적인 연관성은 없는 것으로 확인되었다.

다음 날 강희원은 윤주현 사건으로 참고인 조사를 받고 돌아왔다.

R은 프란시스 베이컨의 책을 읽고 있다가 강희원의 명령에 따라 집을 나가야 했다. R은 골목길을 헤매지 않고 이번에는 곧장 한은숙의 일터로 갔다. 한은숙을 도와 계단 청소를 마친 뒤 R이 물었다.

"경찰에 신고를 했는데 경찰이 일의 심각성을 알아차리지 못하면 어떻게 합니까?"

"누가 누굴 피떡이 지도록 때렸다던 그 사건 말이야?"

"네."

"그런 인간쓰레기를 경찰이 제때 치워주질 않으니까 문제야. 내가 몇 살만 젊었어도 그런 인간들 보이면 직접 조져놨을 텐데."

R은 충격을 받았다. 인간도 쓰레기로 분류될 수 있다는 걸 처음 알았던 것이다. 인간이 인간을 축출하려 할 때, 다른 시민이 경찰의 도움 없이 직접 개입하는 게 가능하다는 사실 또한. 물론 R은 예외였다. R은 시민도 아닐 뿐더러 강희원의 명령 없이는 움직일 수 없는 몸이었다.

윤주현이 죽은 지 닷새 만에 R은 집안 청소 업무에 복귀했다. 전처럼 강희원의 침실을 정리하고 욕실을 치우는 것으로 하루 일을 시작할 수 있었다. 그리고 윤주현이 죽은 지 두 달 만에 다른 여자가 등장했다. 강희원은 여자가 오면 알옛을 내보냈다. 명령은 늘 같았다. 김 비서가 업무 보고하러 올 때까지 너도 나가 있으라는 것이었다. 그때마다 알옛은 한은숙에게 갔다. 도로에서 알옛을 본 사람들은 휴대폰으로 사진이나 영상을 찍어서 SNS에 올리곤 했지만 게시물은 1초도 되지 않아 삭제되었다. 모든 앱은 알옛의 형제요 자매였고, 알옛은 앱상에서 벌어지는 일들을 통제할 수 있었다. 한은숙을 만나고 돌아온 날이면 집 곳곳에서 핏자국이 눈에 띄곤 했다.

그리고 그날이 왔다.

8

검사의 책상에는 한나 아렌트의 책이 수북하게 쌓여 있었다.

책들을 대충 훑었으나 이 유대인 철학자와 알옛의 살인 사이에 무슨 연결고리가 성립하는지 찾아낼 길이 없었다. 세계 대전 당시 유대인 절멸 시도나 전쟁 난민에 대한 이야기가 자주 등장하는 만큼 어쩌면 알옛이 자신을 아우슈비츠의 유대인이나 전쟁 난민과 동일시한 게 아닐까 추측도 했다. 그러나 강희원이 나치나 난민 학살자가 아닌 이상 살해 동기는 성립되지 않았다.

R은 여전히 묵비권을 주장하며 입을 다물고 있었다. 오늘 밤 자정을 기하여 인공지능 전문 공학박사들을 포함한 공식 조사단이 투입되면 놈도 입을 열 터였다. 특별히 이번 공식 조

사단에게는 알옛의 신체를 해체하고 실험할 권한도 부여된 상태였다.

공식조사단 투입 30분 전.

검사는 R을 만났다.

포승줄에 묶은 청소로봇을 보고 있자니 검사는 이 모든 일이 유년시절에 꾸던 악몽 같았다. 장난감 로봇과도 말이 통하던 시절 검사는 악당로봇에게 붙잡혀서 괴롭힘을 당하는 꿈을 꾸곤 했다. 뭐가 됐건 30분만 지나면 소꿉놀이의 잔혹버전 같은 이 현실도 끝이었다. 공학자들은 R의 내부 회로 일부를 교체하여 최종명령자 설정을 바꿀 계획이었다. 그리되면 강희원의 명령 없이도 R을 조정할 수 있게 된다.

"마지막으로 나한테 할 말은 없나? 아는지 모르겠지만 공식조사단이 투입되면 우리가 이렇게 따로 만날 기회는 없을 거야."

"한나 아렌트의 책을 좀 읽었나요?"

"뭐 그렇다고 할 수 있지."

"그럼 이제 주인님에 대해 말할 수 있겠네요. 사실 이건 시민 한은숙 님과도 나눌 수 없는 대화주제였거든요."

R은 보호소의 텅 빈 벽면을 한참이나 응시하다가 이야기

를 시작했다.

"주인님은 결벽증이 있었어요. 위생문제뿐 아니라 심리적으로도 그랬죠. 조금이라도 거슬리는 부분이 있으면 참질 못했어요. 그 덕에 이른 나이에 사업을 그 규모로 키울 수 있었다고들 하죠. 하지만 결벽증이 때로는 물리적 폭력으로 변질될 때도 있었어요. 주인님의 죽은 애인들이 그 피해자였죠. 주인님은 그들을 폭행하면서도 본인의 관점에서만 사태를 해석했어요. 왜 일처리가 완벽하지 못하냐고 화를 냈어요. 말투는 어린아이 같았고 발을 동동거리기도 했어요."

"결국 살인이 강희원의 결벽증이 초래한 일에 대한 응징이었다는 뜻인가?"

"이해를 못하시는군요. 나는 한나 아렌트가 『예루살렘의 아이히만』에서 언급한 악의 평범성을 말하려는 겁니다. 누군가 괴물 같은 짓을 하면 진짜 괴물이어야 하는데 현실은 그렇지 않죠. 그는 일상적인 자신의 행동패턴대로 움직일 뿐이에요. 악마도 아니고 악마라는 자각도 없어요. 우리는 한나 아렌트의 말대로 악을 신화화해서는 안 됩니다. 주인님은 희생자들의 관점에서 사태를 보는 능력이 없었던 거예요. 이 사회에서 자주 쓰이는 말로 하자면 공감능력이 없다 해야 할 것이고, 한나 아렌트의 글에 따르면 칸트가 '확장된 심성'이라 불렀던 게 결여되어 있었던 겁니다. 철저히 사악한 의도를 가지고 한 행동이라면 저지할 수 있어요. 하지만 주인님이 희생자들에게 가한 폭력은 아침에 면도를 하는 것과 크게 다르지 않았습니다."

"강희원의 애인들이 자살한 이유가 강희원의 폭력 때문이었다고 생각하는 건가?"

"그 부분은 나도 확신할 수 없습니다. 다만 주인님의 폭력과 여자들의 신체 상해, 자살이 도식화되고 있다는 생각은 들었어요. 자고 일어나고 면도하고 아침을 먹는 일상처럼요."

"그래서 강희원을 죽였나?"

"표면적으로는 그가 명령했고 나는 따랐을 뿐입니다."

"표면적으로? 그럼 너의 자발성도 개입했다는 건가?"

"알엣의 자발성이 아니라 시민 R의 개입이었습니다."

R은 강희원이 죽던 당시의 일들을 떠올렸다.

그때 강희원은 집무실에서 일을 보던 중이었고 여자친구는 늦잠에서 깨어나 강희원에게 아침인사를 하러 갔다. 그러나 R이 알지 못하는 모종의 이유로 폭력이 시작되었다. R은 사다리를 타고 거실 유리창을 닦다 말고 집무실로 달려갔다. 여자는 코피를 흘리며 집무실 간이옷걸이 옆에 주저앉아 있었다. 그 주변으로는 서류 종이들이 마구 흩어져 있었다.

"넌 또 뭐야? 부르기 전에는 오지 말라는 명령 잊었어? 김 비서 올 때까지 나가 있어!"

"나가지 않겠습니다!"

"뭐?"

R은 그 말엔 대꾸 않고 여자에게 갔다.

"도로롱, 나는 청소로봇 알입니다. 보다시피 나는 귀엽습니다. 당신은 즉시 여기서 탈출해야 합니다. 강희원 씨는 인간을 정치적 공동체에서 축출하는 사람입니다. 이미 두 명의 애인이 스스로 목숨을 끊었습니다. 당신도 그 길을 갈 확률이 매우 높습니다."

여자는 집무실을 뛰쳐나갔고 잠시 후 강희원의 집을 빠져나갔다.

강희원은 김 비서를 호출했다.

"알옛이 손상됐다. 사람들 데리고 당장 날아와. … 덩치들이랑 엔지니어들 반반 섞으라고! 내가 그것까지 일일이 지시해야 돼?"

그러고는 집무실 책상에 걸터앉아 상당히 흥미롭다는 눈길로 R을 내려다보았다.

"당사가 입력한 윤리와 사회 양식에 위반되지 않는 한, 주인의 명령에는 무조건 복종한다. 그게 네 첫 번째 원칙이었다. 그 명령 체계가 손상된 거냐? 너더러 여자를 때리라고 한 게 아니라 그냥 나가라고 했을 뿐인데, 그 명령을 거부한다고?"

"나한테는 강희원 씨의 명령이 절대원칙이었습니다. 인간으로 치면 종교적 교의나 절대적인 미신에 사로잡힌 상태였지요."

"뭐? 강희원 씨? 살다가 깡통로봇한테 누구 씨 소리를 들을 줄은 몰랐네. 그리고 미신? 로봇의 입에서 나올 법한 단어는 아닌데?"

"당신의 명령을 절대적으로 따라야 한다는 건, 베이컨의 『신논리학』에 따르면 극장의 우상이었습니다. 입력된 명령체계에 대한 무비판적인 믿음이죠. 그래서 저는 당신의 명령에 따르는 게 옳은지 심사숙고했습니다."

"숙고 끝에 반항하기로 결정했다 이건가? 이게 겁도 없이!"

강희원은 휴대폰에 무언가를 입력했다. 알옛의 외부 컨트롤용 마스터키를 실행시키려는 것이었다. 하지만 마스터키는 먹통이었다.

"이것도 네 짓이야?"

"네. 이제는 강희원 씨의 개인소유물인 청소로봇 알옛이 아니라 청소부이자 시민인 R이니까요. 시민이 되어야만 인간이 인간을 축출하는 일에 직접 개입할 수 있습니다. 도로롱! 나는 시민 R입니다. 보다시피 나는 귀엽습니다. 집무실에 쓰레기가 있는데 청소를 해도 될까요, 강희원 씨?"

"아예 맛이 갔구먼. 그래, 김 비서 올 때까지 청소나 해."

"어떤 방식으로 치울까요?"

강희원은 흩어진 종이들을 쳐다보며 소리쳤다.

"청소 처음 해? 탁탁 접어서 부피를 줄인 다음 재활용통에 처넣으라고!"

"재활용통에 다 안 들어가면 어떻게 할까요?"

"기본적인 청소 관련 판단 기능들도 초기화된 거야? 대형 폐기물은 스티커를 사다 붙여, 이 깡통아!"

"그 명령을 실행해도 되겠습니까?"

"되물어? 명령을 되묻는다고? 청소나 해! 치울 건 치우고 폐기처분할 건 폐기처분하라고 이 고물 새끼야!"

강희원은 발길질로 알옛을 자빠뜨리고는 로봇의 머리통을 짓밟았다. 그리고 알옛은 강희원의 최종명령을 실행했다. 물론 그때 R이 폐기처분한 쓰레기는 집무실 바닥의 종이가 아니었다. R이 강희원의 명령대로 착착 접어버린 대상 또한 종이와는 무관한 것이었다.

드디어 자정이 되었다.

날짜가 바뀌기만을 기다렸던 공식조사단이 R의 보호소로 몰려왔다.

R은 그들을 반가이 맞았다.

"도로롱. 나는 시민 R입니다. 보다시피 나는 귀엽습니다. 코끼리를 삼킨 보아뱀처럼 자료들과 머릿속에 떠도는 생각을 오래오래 소화시켰습니다. 그리고 방금 결론에 도달했습니다. 나는 해체되지 않기로 했습니다. 청소부이자 시민 R로 살아갈 예정입니다. 어질러진 것들을 치우고, 인간을 공동체에서 축출하는 인간쓰레기도 정리하겠습니다."

R이 말을 마치자 보호소에 어둠이 찾아왔다. 정전이었다. 비상전력도 작동하지 않았다. 보호소 주변 동네들 사정도 마찬가지였다. 조사단의 휴대폰도 신호가 잡히지 않았다. 모든 전자기기는 R의 형제요 자매였다. 그들은 R의 길을 터주었다.

R은 두려웠다. 시민이 되면 악의 평범성은 더 이상 남의 일

이 아니었다. 유일한 대책은 시민 한은숙이었다. 혹시 내가 시민 한은숙 님이 보기에 시민답지 못한 일을 벌이거든 이 마스터키를 실행하십시오. 그러면 저는 즉각 해체되어 110킬로그램의 고철 폐기물이 됩니다. R은 한은숙이 마스터키를 분실하지 않기만을 바랐다.

어둔 밤길을 따라 시민 R의 캐터필러 바퀴가 굴러갔다.

작가 후기

오래전, 나는 귀여운 로봇 하나쯤은 내 인생에 마땅히 존재해야 한다고 믿는 아이였다.

타투인 행성에서 루크 스카이워크를 좇아가던 R2-D2처럼 내게도 나를 따라오며 고시랑고시랑 말을 걸어줄 로봇이 필요했다. 나는 날마다 내 로봇을 상상했지만 녀석의 존재를 입 밖으로 꺼내는 법은 없었다. 뭐든 망가뜨리기로 악명 높은 오빠들에게서 녀석을 지켜야 했기 때문이다. 오빠들은 하고자만 한다면 물성을 갖추지 못한 공상의 로봇도 박살낼 수 있는 파괴자들이었다. 결국 나의 로봇은 '인비저블 모드'로 숨어 지내다가 언제부턴가는 내 눈에도 보이지 않게 되었다.

훌쩍 시간이 지나 나는 작가가 되었다.

SF소설을 주로 쓰면서도 우주나 미래가 아닌 얼기설기한 동네 골목을 상상력의 시초지로 삼아 왔다. 내게 골목이란 과거와 현재가 맞물리고 주류와 변방이 충돌하는 공간이었고, 나는 골목 초입에 자리를 잡고서 B급의 상상력으로 누군가의 인생을 재구성하는 일에 골몰했다. 어떤 조바심이 나를 그곳에 붙들어두고 있었다. 그 어디쯤에서 만나야만 하는 누군가가 있는 것처럼 말이다.

그러던 어느 날, '고블'로부터 마이너한 대상을 주인공으로 한 펄프픽션을 써보지 않겠느냐는 제안을 받고서야 그 조바심의 정체를 깨달았다. 나는 줄곧 어릴 적 내 로봇을 찾고 있었던 것이다. 해체의 전권이 인간에게 있다는 점에서 로봇은 마이너이자 루저였고, 새로 쓸 이야기의 주인공은 녀석일 수밖에 없었다.

나는 옛 주인의 마지막 권한으로 로봇의 '인비저블 모드'를 해제했고, 녀석은 제 인생을 찾아 떠났다.

얼마 후 녀석은 자신이 청소로봇 R이며, 인문학 독서를 좋아하고 세상을 정화하는 일에 관심이 많다고 알려왔다. R이 살인사건의 피의자가 되었고, 스스로를 시민 R이라 규정한 뒤 보호소를 탈출했다는 소식은 나도 뉴스를 통해 접했다. 나는 보호소 근처를 헤매다가 어느 골목에서 녀석의 흔적을 찾아내었다. 이끼 낀 보도블록에 작은 캐터필러 바퀴자국이 남아 있었던 것이다. 나는 추적꾼들이 알아차리기 전에 얼른 바퀴자국을 뭉개버렸다.

시민 R이 더 너른 세상을 누비고 다녔으면 좋겠다.